Son dernier bal

Son dernier bal

Diane Hoh

Traduit de l'anglais par
MARIE-ANDRÉE WARNANT-CÔTÉ

 Les éditions
Héritage inc.

Données de catalogage avant publication (Canada)

Hoh, Diane

Son dernier bal

(Frissons ; 74)
Traduction de : Prom date.
Pour les jeunes de 12 à 14 ans.

ISBN : 2-7625-8604-6

I. Warnant-Côté, Marie-Andrée. II. Titre. III. Collection.

PZ23.H6276So 1997   j813'.54   C97-940708-7

Prom Date
Copyright © 1996 Diane Hoh
Publié par Scholastic Inc.

Version française
© Les éditions Héritage inc. 1997
Tous droits réservés

Conception graphique de la couverture : François Trottier
Mise en page : Sylvie Charette

Dépôts légaux : 2ᵉ trimestre 1997
Bibliothèque nationale du Québec
Bibliothèque nationale du Canada

ISBN : 2-7625-8604-6   Imprimé au Canada

LES ÉDITIONS HÉRITAGE INC.
300, rue Arran, Saint-Lambert (Québec) J4R 1K5
Téléphone : (514) 875-0327
Télécopieur : (514) 672-5448
Courrier électronique : heritage@mlink.net

FRISSONS ᴹᶜ est une marque de commerce des éditions Héritage inc.

Prologue

Une nuit de printemps, alors qu'elles avaient douze ans, elles se retrouvèrent assises autour d'un feu de camp sur une plage du cap. Leurs jambes grêles d'adolescentes croisées, leurs bras enlacés en signe d'amitié et leur visage affichant leur confiance envers les autres, leur foi en l'avenir, elles se promirent de toujours s'entraider.

Deux ans plus tard, elles se retrouvent sur la même plage.

— Vous vous souvenez de la nuit de notre serment ? demande l'une d'entre elles.

Son petit rire gêné trahit sa crainte de les embarrasser en leur rappelant la cérémonie enfantine. Elle continue pourtant :

— Ma mère m'avait demandé ce qui était arrivé à mon doigt et je lui avais répondu que je l'avais coupé en pelant une pomme. Elle aurait piqué une crise si elle avait su que je l'avais coupé exprès pour sceller notre serment.

— La mienne aussi, dit la fille assise à sa droite.

Quand elle m'a demandé pourquoi je saignais, j'ai fait semblant d'être surprise d'avoir une coupure. Je lui ai dit que je ne savais pas comment je m'étais fait ça, et elle m'a crue.

— C'est parce que tu es si gentille, reprend la première. On s'attend toujours à ce que tu dises la vérité. Tu pourrais commettre un meurtre, personne ne te soupçonnerait.

— On a respecté notre serment, dit fermement une troisième fille. On s'entraide sans cesse comme on se l'était promis, et ça sera toujours ainsi. Même quand on sera vieilles, on sera encore des amies, pas vrai ?

— Oui ! s'exclame la quatrième en levant son poing fermé. Une pour toutes et toutes pour une, c'est notre devise ! On est amies pour la vie. Quoi qu'il arrive.

Elles se mettent à danser dans le vent. Si un passant leur demandait alors si elles croient rester toujours aussi intimes, elles répondraient toutes sans exception, avec un enthousiasme juvénile :

— Bien sûr ! On est amies pour la vie !

Elles se tromperaient.

Chapitre 1

La petite boutique est bourdonnante d'activité. Bien que quatre associées soient propriétaires du Quatuor (d'où son nom), seulement l'une d'entre elles y travaille vraiment. Adrienne Dubé est une grande femme séduisante. Ses yeux gris au regard intelligent sont cachés derrière ses lunettes et ses cheveux auburn sont relevés en un chignon impeccable sur sa nuque. Vêtue d'un superbe tailleur rose, elle se faufile tranquillement parmi les filles excitées qui essaient les robes de bal qu'elle a presque toutes créées et cousues elle-même. Adrienne prodigue des conseils, propose des choix aux filles étourdies par la confusion régnante et prend des mesures pour les retouches lorsque c'est nécessaire.

Ses deux assistantes, sa fille Miriam et la meilleure amie de celle-ci, Caroline Lasalle, ne sont pas aussi calmes. Elles n'avaient pas prévu une telle affluence un samedi après-midi. Et puis elles découvrent combien il leur est difficile d'aider d'autres filles à trouver la robe parfaite pour le bal de fin d'études secondaires. Le bal auquel ni Miriam ni Caroline ne s'attendent à aller.

Ce n'est pas qu'elles ne sont pas jolies. Elles sont toutes deux grandes et minces et ont un teint splendide. Miriam a des cheveux bruns et droits très fins qu'elle porte aux épaules et a tendance à repousser derrière ses oreilles ou qu'elle attache avec un élastique. Ses yeux de biche sont superbes : d'un brun chaud, ils ont de longs cils épais recourbés. Mais elle les cache trop souvent derrière des lunettes de soleil. Intelligente et dotée d'un tempérament de chef, Miriam serait présidente de sa classe si elle vivait dans un monde parfait. Malheureusement, à son école, il ne suffit pas d'être intelligente et d'avoir l'esprit vif pour se faire élire à un poste quelconque. Il est aussi requis d'être populaire.

Les deux filles sortent de temps en temps avec des garçons. Mais Miriam n'a jamais eu de petit ami. Elle n'a pas encore rencontré de garçon à qui elle se sente prête à consacrer toutes ses soirées et c'est certainement réciproque puisque, pour autant qu'elle le sache, elle n'a brisé le cœur de personne.

Parce qu'elle aime lire, ça ne la dérange pas de passer beaucoup de temps toute seule. Et puis elle a ses amies Caroline, Jeannine et Lara. Celles-ci n'iront pas au bal, elles non plus. Elles regarderont sans doute une vidéocassette et s'amuseront ensemble.

Bien que certains clients les prennent pour deux sœurs, Miriam et Caroline ne se ressemblent pas vraiment. Le visage de cette dernière est plus mince et plus aigu. Elle dit de ses cheveux qu'ils sont «couleur de boue brûlée». Ses yeux sont parfois verts, parfois gris, ce qui déplaît terriblement à Caroline qui préférerait qu'ils soient d'un turquoise clair. Elle a l'intention d'acheter des lentilles de contact de cette couleur dès qu'elle aura économisé la somme nécessaire.

Alors que Miriam repousse toutes les tentatives de sa mère pour l'«embellir» («Ma chouette, tu as un si beau visage. Un peu de fard à joues, une touche de mascara, ça ne peut pas te faire de tort.»), Caroline gobe avidement chaque petit conseil qu'Adrienne prodigue. Elle essaie tout; parfois, le résultat en vaut la peine, parfois, non. Lorsque l'expérience est ratée, cela donne l'occasion aux autres filles, celles qui ont toujours l'air prêtes à poser pour la couverture d'un magazine, de se moquer. Pas toujours dans le dos de Caroline.

C'est justement en train de se produire de nouveau. Stéphanie Marsan, longue et féline, aux cheveux noirs chatoyant sur les épaules, prend la robe de velours noir que lui tend Caroline et, adressant à celle-ci un sourire de fausse amitié, lui demande d'un air tout aussi faussement innocent:

— Est-ce que c'est censé être un chignon à l'arrière de ta tête, Caroline? C'est drôle comme il ne ressemble pas du tout à celui d'Adrienne.

Miriam déteste que les «Pops» (son expression pour les filles populaires) appellent sa mère par son prénom, mais Adrienne dit que c'est bon pour les affaires.

La boutique est pleine et toutes les clientes entendent la remarque cruelle de Stéphanie.

Caroline devient écarlate et sa main tâte sa nuque avec embarras.

— Stéphanie, persifle Miriam, laisse-moi aller voir dans l'arrière-boutique si on a un balai et un chapeau pointu pour compléter ton costume.

L'amie de Stéphanie, Béatrice April, qui salue toujours Miriam à l'école, éclate de rire. Et la blonde Lydia, une autre Pop, dit doucement:

— Stef, ne sois pas si pénible. Sois polie.

Ignorant la réprimande, Stéphanie dit froidement:

— Tu sais, Miriam, on n'est pas obligées d'acheter nos robes de bal ici. On pourrait aller dépenser notre argent ailleurs si tu préfères.

Miriam préférerait. Malheureusement, sa mère a besoin de cette clientèle. D'après ce que Miriam en sait, avoir son propre commerce n'est pas un bon moyen de devenir riche. C'est une lutte constante pour prospérer. Elle ne devrait pas nuire à sa mère, qui travaille si fort.

— Tu ne trouveras pas ailleurs de robes aussi jolies que celles créées par ma mère, réplique Miriam d'une voix mesurée. Mais si tu veux quelque chose d'ordinaire, voilà la porte. Je l'ouvrirai même pour toi.

Parce que l'autre fille sait que Miriam a raison, elle hausse les épaules et, sans rien ajouter, recommence à examiner les modèles sur les portants.

Caroline défait son chignon, ce qui remplit Miriam de fureur. D'accord, il n'était pas parfait et c'est un style de coiffure un peu sophistiqué pour une fille de leur âge. Mais c'était mesquin de la part de Stéphanie de se moquer de Caroline pour si peu. C'est un autre exemple (et ils sont nombreux) de l'attitude des filles à la beauté parfaite envers celles qui sont moins belles.

Sylvain Nolet entre en coup de vent dans la boutique, une casquette de baseball posée sens devant derrière sur ses cheveux roux. Adrienne l'a engagé en tant que chauffeur de la camionnette de livraison du Quatuor. Et il est toujours plein d'enthousiasme pour son emploi à temps partiel.

Miriam sait que ce qui illumine le visage rond de Sylvain, c'est d'être en présence de l'élue de son cœur. Les yeux bleus de Sylvain suivent avec adoration chacun des mouvements de Caroline. De temps en temps, il lui offre une rose jaune. Cela n'impressionne pas Caroline qui considère Sylvain simplement comme un ami. Miriam l'a prévenue : « Un de ces jours, il se fatiguera d'être traité comme le contenu d'un sac d'aspirateur et il reportera tout son amour sur une autre fille. Et alors tu le regretteras. »

Miriam aime bien Sylvain. Il n'est pas aussi décontracté que les superbes gars athlétiques qui sortent avec les Pops. Et puis après? Il est intelligent et drôle; il traite Adrienne avec respect. Ça plaît à Miriam.

Elle a dit aussi à Caroline: «Puisque tu as vraiment envie d'aller au bal, invite Sylvain. Je sais qu'il est plus jeune que nous, mais cesse de faire la snob. Tu es parfois pire que les Pops.»

Bien sûr, c'est une insulte minable et c'est ainsi que Caroline l'a prise. Elle s'est tout de même entêtée: «Je peux trouver quelqu'un de mieux que Sylvain. Et si je n'y arrive pas, je resterai chez moi.»

Miriam n'a rien répliqué. Caroline a décidé d'aller au bal avec un grand gars populaire et elle refuse d'accepter le fait qu'ils sont tous pris. David Goumas accompagnera la magnifique Kiki Pappas, une Pop qui ne vient jamais au Quatuor. Elle achète tous ses vêtements à Québec. Lucas Nault sera au bras de Béatrice, et Lydia ira probablement avec Mathieu Milette, à moins qu'elle ne choisisse son partenaire parmi les collégiens. C'est quelque chose que Miriam n'arrive pas à comprendre. Choisir quelqu'un d'autre que Mathieu? C'est stupide! Il est tellement beau! Michel Danis, le pauvre fou, accompagnera Stéphanie Marsan, la candidate favorite au titre de reine du bal de cette année. Béatrice aussi est en lice, bien que sa beauté soit moins éclatante que celle de Stéphanie. Kiki et Lydia ont déjà été reines et, selon le règlement, le titre ne peut être porté qu'une fois.

Pas que Stéphanie ne serait pas une reine acceptable. Elle a certainement du talent pour donner des ordres.

En tout cas, les meilleurs gars sont déjà pris. Si Caroline veut aller au bal, il vaudrait mieux qu'elle se contente de moins, sinon elle passera la soirée à regarder des vidéos avec ses amies laissées-pour-compte : Miriam Dubé, Jeannine Bazinet et Lara Douville.

La dernière fois qu'elles ont abordé le sujet, Caroline a dit d'un ton exaspéré : «Oh ! arrête de m'embêter avec ça, Miriam ! Tu pourrais y aller, toi aussi. Des tas de gars t'aiment. J'en connais plusieurs en cinquième secondaire qui te trouvent mignonne. Ils ne t'ont pas invitée parce qu'ils croient que tu n'es pas intéressée. Si tu veux, je pourrais faire quelques allusions pour leur faire comprendre que tu accepterais leur invitation. »

«Ils ne m'inviteront pas, a répliqué fermement Miriam. Pour eux, je suis cette bonne vieille Miriam qui sait lancer une balle et qui les aide dans leurs devoirs de maths, mais c'est tout. Il leur serait aussi difficile de m'imaginer en robe de bal que de comprendre un vers de Rimbaud. Alors, laisse tomber, Caroline. »

Les réflexions de Miriam sont interrompues par la voix autoritaire de Stéphanie :

— Lydia, le rouge n'est vraiment pas une couleur pour toi. Tu es blonde. Choisis une robe de teinte pastel, comme ce turquoise pâle par exemple. Ce serait parfait pour toi.

Miriam comprend exactement ce que la Pop est en train de faire: elle veut la robe rouge pour elle-même. Sacrée Stéphanie!

— Si tu as vraiment envie de la rouge, prends-la, dit Lydia en lui tendant le vêtement. Mais ne dis jamais que je ne te donnerais pas ma chemise ou, dans ce cas, ma robe.

Miriam entend Caroline pousser un cri de consternation à peine audible. La robe turquoise! Caroline a un faible pour celle-ci depuis qu'Adrienne l'a terminée. Elle ne la portera peut-être jamais, mais ça lui ferait de la peine qu'une autre fille aille au bal dans cette robe.

Rapidement, Miriam passe sa main sur l'éponge mouillée posée sur une assiette près de la caisse. Elle se précipite vers Lydia et, prenant la robe dans sa main mouillée, elle dit:

— Oh! excuse-moi! Cette robe est tachée. Regarde!

Elle retire sa main et pointe du doigt la tache qu'elle vient de faire.

— Tu vois? dit-elle. La robe ne devrait pas être sur un cintre. Hop! Je l'envoie au nettoyeur.

Miriam emporte la robe dans l'arrière-boutique, sans tenir compte de la remarque faite par Stéphanie sur un ton indigné:

— Je suppose qu'on devrait examiner la marchandise plus attentivement avant de faire son choix. Je ne pensais pas que c'était nécessaire dans cette boutique !

Lorsque Miriam revient, Jeannine et Lara sont là. Elles regardent d'un air mécontent les Pops choisir leurs robes.

Stéphanie achète la robe rouge ; Lydia opte pour une noire, et Béatrice, pour une bleu clair. Comme les trois robes ont besoin de légères retouches, Adrienne les garde en promettant qu'elles seront prêtes pour le bal qui aura lieu dans trois semaines.

— Vous êtes venues voir ce qu'on portera au bal ? demande Stéphanie à Jeannine et à Lara. C'est votre seule chance de voir nos robes puisque vous n'y serez pas.

Lara, une petite blonde costaude, rougit en répliquant :

— Tu n'en sais rien ! Peut-être qu'on ira toutes au bal.

— Bien sûr ! ricane Stéphanie. Et puis, tant mieux si vous êtes là, vous assisterez à mon couronnement.

Jeannine, une grande maigre aux cheveux roux, marmonne :

— Je serais heureuse de te couronner ici, maintenant, Stéphanie.

Mais cette dernière lui tourne le dos pour tendre sa carte de crédit à Miriam en disant :

— Ça doit être dur de vendre toutes ces jolies robes quand on n'en portera pas soi-même. Pauvre

Miriam ! Et je suppose que tu ne viendras pas, toi non plus, Caroline.

Celle-ci est en train d'épingler des étiquettes « vendu » aux robes. Elle blêmit et cligne des yeux. Miriam, qui n'a jamais fait de mal à personne, ressent alors l'envie irrésistible de saisir les ciseaux et de couper les cheveux soyeux de Stéphanie. Au lieu de ça, elle dit d'une voix douce :

— Stéphanie, est-ce que c'est un bouton que je vois sur ton front ?

Et bien que le teint de porcelaine de Stéphanie soit parfait, Miriam a la satisfaction de la voir pâlir et passer nerveusement la main sur son front. N'ayant rien senti, elle se regarde même dans le miroir le plus proche.

Rassurée, elle dit d'un ton furieux :

— Ce n'est pas drôle, Miriam !

— Oh oui ! ce l'est ! Si tu avais vu ton expression !

Lorsque tous les clients ont quitté la boutique, Adrienne reproche à sa fille d'avoir taquiné Stéphanie. Mais Miriam voit que sa mère retient un sourire.

C'est à son tour de fermer la boutique. Caroline doit rencontrer Sylvain à la bibliothèque ; Adrienne a un rendez-vous ; Jeannine et Lara gardent des enfants. Miriam aime fermer le magasin, car tout y est si tranquille. Plus de Pops à la silhouette de mannequin et à la perfection pimpante pour lui donner l'impression d'être moche, comme si elle avait des dents en moins ou un teint brouillé.

Ça lui est plus facile d'être satisfaite d'elle quand elle est seule.

Elle est à mi-chemin de chez elle lorsqu'elle se rappelle tout à coup que son manuel de chimie est resté à la boutique. Elle va en avoir besoin. Il vaut mieux retourner le chercher.

Elle gare la camionnette dans la ruelle près de la porte de côté du Quatuor. La cour est vide, l'édifice à bureaux voisin n'est que faiblement éclairé. Il est encore trop tôt pour que les clients s'attablent au *Namur*, le restaurant chic qui occupe le rez-de-chaussée de l'édifice à bureaux.

Un tas informe par terre près de la porte du Quatuor attire l'attention de Miriam. Il ne devrait y avoir là que la soucoupe de lait qu'elle laisse à la disposition des chats de ruelle, malgré la réprobation de sa mère : « Si tu les nourris, ils reviendront tout le temps. Ils savent prendre soin d'eux-mêmes. »

Ce tas au milieu d'une flaque d'eau, ce sont sans doute des journaux.

Non, ce sont des… vêtements. Ils trempent dans l'eau grasse et sale. Des traces de pneus sont imprimées dessus comme un cachet postal. Miriam s'accroupit pour examiner le tas de près.

Il y a une robe de soie rouge avec de minces bretelles, si détrempée qu'elle semble brune. Dessous, une robe noire sans bretelles, dont la jupe bouffante a été aplatie par les pneus. Et sous les deux autres, un chiffon bleu…

La robe rouge choisie par Stéphanie, la noire par Lydia et la bleue par Béatrice. Écrasées toutes les trois.

Aucun nettoyage, aucun repassage ne les rendra portables. Elles sont irrécupérables.

Que leur est-il arrivé ?

Chapitre 2

Miriam ne sait pas pendant combien de temps elle est restée accroupie près des robes abîmées. Le claquement d'une portière de voiture lui fait redresser la tête. Elle voit un couple d'âge moyen se diriger vers le *Namur*.

« Je dois me lever et réparer ce dégât », se dit-elle sans bouger.

Ce n'est pas à cause des robes qu'elle a la gorge serrée. Mis à part les longues heures que sa mère a consacrées à leur confection, elles n'ont aucune importance pour Miriam. Ce ne sont que des robes. De plus, celles qui les ont achetées ne prêteraient même pas une jupe à une fille nue dans une tempête de neige. Quoique Béatrice et Lydia le feraient peut-être. Si Stéphanie ne les convainquait pas du contraire.

C'est la violence brutale de l'acte qui stupéfie Miriam et lui fait serrer les poings. Les robes ont été jetées dans la flaque d'eau par une personne à l'esprit destructeur. Qui a plongé trois jolies robes de bal dans l'eau sale et puis, pour s'assurer qu'elles seraient irrécupérables, les a écrasées avec sa voiture?

Ça n'a aucun sens. Mais la sauvagerie de l'acte fait trembler les mains de Miriam.

Elle finit par se redresser, les robes à la main, et se dirige vers la grande poubelle commerciale de la cour pour les y jeter, mais change d'idée. Elle les met plutôt à l'arrière de la camionnette. Il lui serait impossible de décrire à sa mère l'état dans lequel elle les a trouvées. Il vaut mieux que celle-ci les voie de ses propres yeux.

Miriam ne supporte pas d'imaginer le regard qu'aura sa mère lorsqu'elle verra les restes de trois de ses plus jolies créations.

«Je ne peux pas lui annoncer ça toute seule», se dit-elle. Se souvenant qu'Adrienne soupe au restaurant et ne sera pas à la maison, Miriam monte dans la camionnette et se rend à la bibliothèque municipale pour y retrouver Caroline et Sylvain.

Lorsque ceux-ci voient les robes, Caroline s'exclame:

— Les robes des Pops! Oh! c'est super! Je ne peux pas y croire!

Un sourire satisfait s'étale sur son visage, mais Miriam la réprimande:

— Cesse de te réjouir et pense à ma mère, O.K.? Elle a travaillé dur pour faire ces robes. Elle va avoir de la peine.

— Tu as raison ! Excuse-moi ! Je ne pensais pas à Adrienne. Comment vas-tu lui dire ça ?

— Je vais lui montrer les robes. Elles ont été payées. Il va falloir les refaire. Venez avec moi. Je ne peux pas lui raconter ça toute seule.

— Pourquoi a-t-on fait ça ? demande Adrienne en se tournant vers Miriam, Sylvain et Caroline. C'est d'une telle méchanceté !

— C'est exactement ce que j'ai pensé, dit sa fille.

— Est-ce qu'ils sont entrés dans la boutique ? Comment ces robes se trouvaient-elles dehors ? Ont-ils volé l'argent de la caisse ?

Miriam doit avouer qu'elle l'ignore. Elle se sent stupide de ne pas avoir vérifié s'il manque de la marchandise dans la boutique.

— Il vaudrait mieux que j'aille jeter un coup d'œil, dit sa mère en prenant sa veste. Je ne peux pas appeler la police avant d'avoir inspecté la boutique. Je téléphonerai de là-bas.

— Vous devriez appeler maintenant, suggère Sylvain. S'il y a un voleur dans la boutique, on n'est pas sûrs qu'il soit parti. N'entrez pas là toute seule.

Adrienne hésite un instant, puis dit :

— Je ne peux pas déranger la police pour trois robes de bal. Allons d'abord voir s'il y a des signes d'effraction. S'il y en a, on n'entrera pas. On ira téléphoner depuis le restaurant d'à côté.

— On ? demande nerveusement Caroline.

— Elle a dit qu'on n'entrerait pas, réplique Miriam. De toute façon, on n'est pas des robes de bal. On ne possède même pas de robe de bal. Alors, relaxe !

Mais tout en disant cela, elle sait qu'il leur est impossible de se détendre, pas après avoir vu ce qu'ils ont vu.

Constatant que les portes n'ont pas été forcées, ils entrent prudemment dans la boutique. Adrienne allume.

Tout semble normal. Il n'y a pas de vêtements en lambeaux ; il ne manque pas d'argent ; il n'y a rien de brisé ni de volé.

À l'étage, dans la pièce qu'ils appellent l'étuve parce qu'il n'y a pas de climatisation, ils découvrent que la fenêtre s'ouvrant sur l'escalier de secours a été forcée.

— J'ai fermé et verrouillé cette fenêtre en rentrant de ma pause, affirme Miriam.

L'étuve est une longue pièce étroite encombrée du plancher au plafond de rouleaux de tissu, de matériel de couture, de boîtes de différents formats pour y mettre les vêtements et d'autres contenant des cintres.

Des robes inachevées attendent sur des mannequins de plastique. Une machine à coudre très ancienne, héritage de la grand-mère d'Adrienne qui lui a appris à coudre, est contre un mur. Au centre de la pièce, trône une vieille planche à repasser qui fait partie du même héritage et qui tombe constamment. Mais Adrienne refuse de s'en défaire, prétextant qu'elle doit tout à sa grand-mère.

— Sans elle, on n'aurait pas cette boutique. Je serais encore secrétaire le jour et serveuse le soir, comme je l'ai été durant huit longues années après que ton père a perdu la vie en faisant la course avec un train à un passage à niveau.

Il y a deux longues fenêtres étroites dans la pièce. L'une donne sur une autoroute, l'autre s'ouvre sur l'escalier de métal noir qui descend dans la cour commune à la boutique et à l'édifice à bureaux.

Cet après-midi, lorsque Miriam est sortie s'asseoir dans l'escalier pour prendre quelques bouffées d'air frais, elle a regardé le restaurant en pensant: «Des élèves viendront y souper avant le bal. Les Pops y feront une entrée remarquée dans leurs superbes robes créées par Adrienne. Mais la propre fille de cette dernière n'y sera pas.»

Si jamais elle allait au bal, Miriam sait exactement quelle robe elle porterait. Pas une noire comme celle de Lydia. Le noir, c'est pour des funérailles. Celle qu'elle aime n'est pas encore terminée. Adrienne la façonne dans un tissu bleu lustré, un bleu si vif que ses cheveux bruns ordinaires prendront des teintes riches et que ses yeux bruns brilleront d'un éclat doré. Cette robe est miraculeuse, Miriam en est persuadée, tout en sachant qu'elle ne la portera jamais. Ni pour le bal, ni pour aucune autre occasion.

Cette pensée lui cause une douleur soudaine, comme si sa mère l'avait accidentellement piquée avec une aiguille. La douleur la rend furieuse et dégoûtée d'elle-même. Elle n'avait pas compris jusqu'alors à quel point elle désire aller à son bal.

Et elle a soudainement peur de se transformer en une de ces filles pleurnichardes qui placent ce genre d'activité en tête de leur liste de priorités. Elle n'a pas assisté à un seul bal durant tout le secondaire. Et jusqu'à présent, elle a survécu à chacun d'eux, émergeant de cette soirée avec toutes ses facultés intactes et aucun dommage apparent.

Mais cette année, c'est le bal de fin d'études secondaires.

— Tu es sûre que la fenêtre était verrouillée cet après-midi ?

La voix de sa mère la tire de ses pensées.

— Oui, j'en suis certaine, répond-elle.

Adrienne appelle la police pour rapporter les dégâts, mais les enquêteurs ne trouvent aucun indice permettant de penser qu'il s'agit d'autre chose que d'un acte de vandalisme.

Adrienne est d'accord sur le constat, mais Miriam a des doutes. Une bande de jeunes rôderait à la recherche de robes de bal à détruire ? Ils ne voleraient rien, ne briseraient rien, ne laisseraient même pas de graffitis sur les murs ? Pourquoi auraient-ils détruit ces trois robes ? Il y a un but derrière un acte de sabotage aussi sélectif.

Malheureusement, Miriam ne devine pas ce qu'est ce but.

Si le vandale croit que d'avoir détruit leurs robes empêchera Stéphanie, Lydia et Béatrice d'aller au bal, il a besoin d'un sérieux décrassage de cerveau. Même si Adrienne ne parvient pas à les remplacer (et elle le fera), il y a d'autres boutiques, d'autres robes. Et l'argent nécessaire pour acheter ces robes. Les mères de Stéphanie, de Lydia et de Béatrice sont les autres propriétaires du Quatuor. Elles ont investi dans la boutique d'Adrienne parce qu'elles ont beaucoup d'argent à placer. Tandis qu'elles jouent au tennis, font du jardinage et s'offrent de longs brunches au *Namur*, Adrienne travaille dur à faire fructifier leur argent.

Alors si le but n'est pas d'empêcher les Pops d'aller au bal, quel est-il ?

Elle est trop fatiguée pour réfléchir à la question pour le moment.

Après avoir averti sa mère de remplacer au plus vite le loquet brisé, les policiers s'en vont. D'une voix triste, Adrienne demande aux trois jeunes de ne pas parler de l'incident. Ils promettent de ne rien dire.

— Je vais refaire les robes, dit Adrienne d'un ton plus ferme. Miriam, ça veut dire que tu travailleras plus souvent à la boutique. Je suis désolée.

Refusant de penser aux examens finaux qui approchent, ce qui veut dire qu'elle devra étudier sérieusement, et aux activités telles que le pique-nique et la journée de l'album-souvenir, Miriam hoche la tête en disant:

— Pas de problème.

Ce n'est pas comme si elle allait être prise par des préparatifs pour le bal.

En quittant le Quatuor, Miriam prend bien soin de contourner la flaque où les robes ont été abîmées, comme pour éviter de s'attirer le même sort.

Chapitre 3

Le pique-nique a lieu le mercredi suivant, un jour gris et froid. Tous les élèves qui ont récolté plus de B que de F sont dispensés de cours. Ils se rendent en voiture jusqu'au parc localisé au centre de la bande de terre qui s'avance dans le fleuve comme un long index.

Le vieux phare bâti à la pointe du cap est abandonné. À l'entrée, un écriteau suspendu par une chaîne rouillée avertit les visiteurs du danger qu'il y a à entrer dans l'édifice branlant.

Beaucoup n'y prêtent aucune attention. Pour certains, le mot danger agit comme un drapeau rouge, les incitant à enjamber la chaîne et à ouvrir la vieille porte grinçante dont le verrou ne sert plus à rien depuis des années. Pour d'autres, la pensée de la vue inspirante qu'ils auront du haut de la plateforme de bois circulaire les pousse à grimper témérairement jusqu'au sommet. Le plancher et la balustrade de bois encerclant l'observatoire sont sans doute pourris, mais la vue spectaculaire est intacte. Les amoureux de la nature faisant l'ascension essoufflante de l'escalier en spirale aux marches rouillées qui tremble sous leur poids estiment que la vue vaut bien l'effort et le risque.

Miriam aime le phare. Depuis qu'elle est toute petite, elle monte jusqu'à la plateforme d'observation, malgré les avertissements sévères de sa mère. Selon elle, il n'y a pas grand-chose d'aussi excitant que d'atteindre le sommet, le souffle court, les genoux tremblants, et d'émerger par la petite porte dégradée par les intempéries pour faire face à l'infini du ciel et de l'eau.

Le jour du pique-nique, l'eau est grise sous le ciel pluvieux.

Encore contrariée par l'acte de vandalisme et fatiguée de jouer au volley-ball, Miriam quitte le lieu des festivités et se dirige seule vers la pointe du cap. Ses amies ont peur du phare. Caroline le décrit même comme étant «une relique du passé qui aurait dû être détruite il y a longtemps». Miriam sait que son amie ne fait que répéter les propos de sa mère. Cécile Lasalle, une amie intime d'Adrienne, n'a aucun intérêt pour le passé et appelle les antiquités des «déchets». Pour elle, le phare est une disgrâce pour le paysage et un danger pour la population.

Miriam ne le considère pas ainsi. La seule personne qui est décédée dans le phare, à sa connaissance, c'est le vieux Savarin Couturier qui buvait tellement qu'on disait que l'alcool dans son organisme le préservait de la mort. Il était tombé de la plateforme d'observation une nuit d'octobre et en était mort de peur, son cœur s'étant arrêté durant la chute.

Lorsqu'elle atteint finalement le sommet de l'escalier, Miriam s'avance jusqu'au bord de la plateforme circulaire en évitant les trous dans le plancher. Le vent rabat son capuchon et lui cingle les yeux. Prenant soin de ne pas s'appuyer contre la balustrade de bois blanc qui lui arrive à la taille, elle met ses mains dans les poches de son sweat-shirt bleu. Le bruit des vagues se jetant sur les rochers gronde comme le tonnerre. Elle adore ce vacarme.

Il est tellement fort que, lorsqu'une voix dit derrière elle : « Étonnant, hein ? », elle l'entend à peine. Elle se tourne pour apercevoir un grand gars en sweat-shirt rouge qui se tient légèrement en retrait à sa gauche. Elle ne le reconnaît qu'au moment où le vent lui rabat aussi le capuchon, découvrant ses épais cheveux sombres.

C'est Mathieu Milette, qui fréquente Lydia de façon intermittente. Difficile de comprendre comment un des plus beaux garçons de l'école se contente d'une relation en dents de scie. Et il est sûrement gentil, aussi, parce qu'il est élu chaque fois qu'il se présente comme candidat à quelque chose.

Pourquoi sort-il avec Lydia ? Que lui trouve-t-il ?

« Oh ! allons Miriam ! La beauté, l'intelligence, la popularité, pour commencer. Et Lydia n'est pas cruelle, comme Stéphanie. Les Pops ne peuvent pas toutes être méchantes, sinon elles ne seraient pas populaires, n'est-ce pas?»

Mathieu vient se placer près de Miriam.

— Ça donne le vertige, hein? dit-il plus fort.

La langue de Miriam est complètement paralysée. Elle est tellement bouleversée par sa présence qu'elle peut seulement hocher la tête en silence. Mais elle ose le regarder. Il a un visage superbe. Des traits puissants et des yeux d'un brun chaleureux d'épagneul. Il ne sourit pas, mais on dirait qu'il vient juste de cesser de sourire ou qu'il est sur le point de le faire. Elle a déjà surpris certains de ses sourires. C'était impressionnant.

Il la sort de sa contemplation en se tournant vers elle pour la regarder longuement, avant de lui demander:

— Es-tu Miriam Dubé? Est-ce que tout va bien maintenant au Quatuor? J'ai entendu dire que vous avez eu des problèmes.

Miriam est surprise. Et elle ne sait pas si elle est plus étonnée qu'il soit au courant du vandalisme ou qu'il sache son nom.

— Personne n'est censé savoir ça, réplique-t-elle. Ma mère espérait que personne n'en entendrait parler.

— Oh! excuse-moi! Mon frère Éloi était un des policiers qui se sont rendus au Quatuor ce soir-là. Il m'a dit que ta mère semblait effrayée.

— Elle n'était pas effrayée, réplique vivement

Miriam. Ma mère n'a peur de rien. Elle était inquiète, c'est tout. Qui ne l'aurait pas été?

— Hé! Du calme! dit-il en levant une main dans un geste défensif. Ce n'était pas une critique. Éloi s'en faisait pour elle, c'est tout.

Elle ne se souvient pas d'avoir entendu qu'un policier s'appelait Milette, sinon elle y aurait prêté attention.

— Ça nous a tous fâchés que les robes soient détruites, dit-elle. Ma mère avait travaillé fort pour les faire. Et c'est bientôt le bal. Il ne reste pas beaucoup de temps pour les remplacer.

Elle ne peut pas croire qu'elle a parlé du bal. S'il lui demande qui l'accompagne, elle va devoir lui avouer qu'elle n'a personne. Et puis après? C'est la vérité, non?

Mais il ne lui pose pas la question. Il se penche pour appuyer ses coudes à la balustrade et, à la surprise de Miriam, lui dit:

— Moi, je ne vais pas au bal cette année. Mon vieux portefeuille est anorexique. Il est plat comme une galette.

Il n'y va pas? Un des garçons les plus populaires de l'école ne va pas au bal? Il n'accompagne pas Lydia? Mais elle a acheté une robe. Est-ce qu'elle lui a préféré un collégien?

Ou bien — pensée délicieuse — peut-être qu'il n'a pas invité Lydia. Après tout, elle aurait pu acheter les billets, s'il avait vraiment voulu y aller avec elle. À moins qu'il ne soit un de ces gars rétrogrades qui insistent pour tout payer. Quelle que soit la raison, Mathieu Milette n'accompagnera pas Lydia dans sa séduisante robe noire.

Soudain, Miriam a moins froid, comme si le soleil avait percé les nuages. Elle ose demander :

— Tu n'emmènes pas Lydia au bal ?

— Lydia ? Non. J'ai entendu dire qu'elle y allait avec un ami de son frère Bastien.

Sa voix est parfaitement neutre en disant cela. Il a entendu dire ? Il n'a donc pas parlé à Lydia dernièrement. Encore une bonne nouvelle. Miriam aimerait savoir s'il est blessé que Lydia y aille avec un autre, mais elle ne décèle rien dans sa voix.

— Ne t'appuie pas à la balustrade, l'avertit-elle. Je ne veux pas aller ramasser tes restes si elle se casse et que tu tombes sur les rochers.

Il s'écarte de la balustrade et demande :

— Alors, tout va bien à la boutique ? Il n'y a pas eu d'autres actes de vandalisme ?

— Non.

Ça ne la dérangerait pas de parler de l'incident avec lui, au contraire. Adrienne refuse d'en discuter, soutenant que ce n'est qu'une mauvaise plaisanterie et que la police se chargera de trouver les coupables. Caroline a été tellement effrayée par toute l'affaire que son visage devient blême chaque fois que Miriam aborde le sujet. La seule chose que Sylvain a en tête ces jours-ci, c'est de trouver le moyen de persuader Caroline de l'inviter au bal.

Même si Miriam croyait cette théorie selon laquelle c'est une farce exécutée par des jeunes, cela n'expliquerait pas la sombre terreur glacée qu'elle ressent lorsqu'elle se rappelle le moment où elle était agenouillée sur le ciment humide, les débris des trois robes dans les mains.

Miriam a de nombreuses questions à poser au sujet de l'incident, mais sa mère serait mécontente qu'elle en parle à Mathieu.

— Tout va bien au Quatuor, répond-elle. Je vais redescendre, maintenant. Je commence à avoir froid.

— Moi aussi.

Elle ne s'attendait pas à ce qu'il descende avec elle. Mais elle ne peut s'empêcher de penser que ce serait épatant qu'ils retournent ensemble jusqu'à l'endroit du pique-nique. Caroline n'en reviendrait pas. Malheureusement, les Pops aussi seraient étonnées, ce qui n'est pas une bonne chose.

Ils descendent, leurs chaussures faisant résonner doucement les marches métalliques. Miriam se demande comment Mathieu l'a reconnue. Elle ne porte même pas l'épinglette du Quatuor, une petite broche constituée de quatre instruments de musique en argent. Une amie de sa mère a créé le motif et Adrienne en a commandé des centaines. Il y en a toujours quelques-unes dans un petit panier d'osier près de la caisse enregistreuse. Tous ceux qui le veulent peuvent en prendre une. Des tas d'ados en possèdent une. Ce n'est pas comme si le nom de Miriam était inscrit dessus. Pourtant, il a dit: «Es-tu Miriam Dubé?»

En d'autres circonstances, elle aurait tout simplement posé la question. C'est son genre. Lorsqu'une question lui trotte dans la tête, elle la pose. Ça lui a quelquefois causé des ennuis, mais ça ne l'a jamais arrêtée.

Cette fois, c'est différent. Bien qu'elle ait retrouvé l'usage de la parole, elle ne parvient pas à demander: «Comment as-tu su qui je suis?»

Sans doute parce qu'elle craint qu'il lui réponde: «Lydia me l'a dit.»

Elle détesterait ça!

Alors qu'ils se rendent au lieu du pique-nique, il répond de lui-même à la question qu'elle n'a pas posée:

— Éloi a raison quand il dit que la propriétaire du Quatuor est une femme magnifique.

Miriam hoche la tête. Ça ne la fait plus souffrir de tenir plus de son père que de sa mère. Pendant des années, elle a espéré qu'en vieillissant, elle se mettrait à ressembler à Adrienne. Mais l'été de ses treize ans, lorsqu'elle a eu un aperçu de son visage d'adulte, elle a dû regarder la vérité en face. Tout ce qu'elle a hérité de sa mère, ce sont ses yeux. Pendant cet été-là et toute l'année suivante, elle a été de mauvaise humeur. Maintenant, elle ne se souvient plus quand sa colère a cessé. Un jour, elle s'est dit que si elle ressemblait trop à sa mère, elle rencontrerait sans doute un homme comme son père. Elle accepterait de l'épouser. Puis, alors qu'elle penserait que tout va bien, il se soûlerait parce que, bien qu'il soit beau et charmant et très amusant, il n'aurait jamais vraiment mûri. Il ferait la course avec un train à un passage à niveau, un enfantillage, et mourrait écrasé. Alors, comme sa mère, elle se retrouverait seule, sans argent, pour élever leurs enfants.

Ce scénario imaginaire l'a vraiment aidée à s'accepter telle qu'elle est, ainsi qu'à apprécier ce qu'est sa mère et à comprendre ce que celle-ci a enduré.

— Ma mère est superbe, en effet. Tu l'as vue?

— Non. Jamais.

— Alors comment est-ce que tu sais que ton frère a raison?

— La deuxième chose que mon frère m'a dite, c'est que sa fille a les plus beaux yeux qu'il ait jamais vus, y compris ceux de sa femme. Alors, puisque je peux constater par moi-même que c'est vrai, je peux aussi croire ce qu'il a dit au sujet de ta mère. J'aimerais bien la rencontrer un jour.

Décontenancée par la façon détournée dont il l'a complimentée sur ses beaux yeux, Miriam ne trouve rien d'autre à dire que:

— Parce qu'elle est superbe?

— Non, répond-il en riant. Parce qu'Éloi m'a dit qu'elle est très gentille.

Bien que le bal n'ait pas lieu avant deux semaines, Miriam a envie de danser sur-le-champ.

Mathieu ne va pas au bal, ni avec Lydia ni avec aucune autre. Il lui a dit qu'elle a de beaux yeux. Et il continue à l'accompagner, ce qui fait que les Pops et les autres les verront arriver ensemble au lieu du pique-nique.

«Il est seulement gentil, se dit-elle. Son frère lui a parlé de notre problème et il trouve que c'est dommage, c'est tout. Ne commence pas à imaginer ce qui n'est pas, Miriam Dubé. Ça ne te ressemble pas.»

Elle essaie, mais il est tellement charmant. Il penche la tête contre le vent pour lui poser des questions sur la boutique, sur sa famille et sur ce qu'elle aime faire quand elle ne travaille pas au Quatuor. Il lui avoue que, l'ayant vue jouer au baseball, il a été impressionné par son talent, et lui demande si ça l'intéresserait l'été prochain d'entrer dans l'équipe dont il fait partie, parce qu'ils ont toujours besoin de nouveaux joueurs.

Ça la trouble lorsqu'il en parle comme s'il n'y avait aucune raison qu'ils ne jouent pas dans la même équipe et qu'ils ne se promènent pas encore ainsi en parlant de tout et de rien.

Elle va répondre quelque chose de vraiment stupide, une réponse que Miriam Dubé ne donnerait jamais si elle était dans son état d'esprit normal, du genre : «J'adore le baseball.»

C'est alors que retentit le cri.

Chapitre 4

La fille en jaune, un bandeau de la même teinte sur la tête, n'a pas l'intention, par une journée aussi venteuse, de se rendre du parc jusqu'au phare. D'abord, elle sait qu'à la pointe du cap, le vent va la décoiffer ; or, elle doit sortir avec son petit ami ce soir. Il l'emmènera chez *Matteo*, alors que, comme ses parents, elle préfère le *Namur*, mais il prétend que ce restaurant est trop cher et puis il adore la pizza. D'un autre côté, c'est elle qui a choisi le restaurant lors de leurs trois dernières sorties, ce qui le rend un peu irritable. En fait, il est irritable à propos de tout, ces jours-ci. Si le bal n'était pas si proche, elle le quitterait. Il n'a aucune raison de la traiter comme s'il était fatigué d'elle.

Elle n'entrera pas chez *Matteo* en ayant l'air de s'être mis les doigts dans une prise de courant. Son bandeau ne suffira pas à protéger ses cheveux du vent.

Mais lorsqu'une personne lui chuchote à l'oreille que son petit ami est dans le phare avec une jolie rousse, peut-elle refuser d'y croire? Non, bien sûr qu'elle le croit. Ce n'est pas la première fois, après tout. Rares sont ceux qui savent qu'elle a parfois de la difficulté à le garder en laisse, surtout ces derniers temps. En vérité, elle a tellement peur qu'il la laisse tomber deux jours avant le bal qu'elle en fait des cauchemars. Même pour elle, ce serait impossible de dénicher en si peu de temps un gars convenable pour l'accompagner.

Tous ses camarades se moqueraient d'elle.

À tout autre moment, pour lui faire regretter la façon dont il la traite, elle l'aurait vite quitté; il aurait l'impression d'être éjecté d'un avion sans parachute. Mais elle ne peut pas se le permettre à quelques jours du bal.

Tout le monde prédit qu'elle sera élue reine. Et même si elle ne l'était pas, elle ne manquerait pas le bal pour autant.

Elle est convaincue que son petit ami a déjà une remplaçante en tête, mais elle n'a aucune idée de qui il s'agit. Elle imagine que c'est une fille stupide, plus jeune et ordinaire, qui retient son souffle en attendant de voir si la rupture surviendra à temps pour que ce soit elle qui accompagne au bal le superbe et populaire diplômé.

Ça n'arrivera pas! Pas tant qu'il restera une étincelle de vie dans son corps magnifique.

— Le phare? demande-t-elle, la tête penchée comme si elle avait reçu un coup de poing en pleine poitrine. Il a emmené une fille au phare?

— Oui. Tu ne le laisseras pas s'en tirer comme ça, hein ?

La fille en jaune hésite. Si elle le suit et fait une scène, ne devra-t-elle pas le quitter sur-le-champ ? Est-ce le but qu'il poursuit ? Est-ce qu'il essaie de la narguer pendant le pique-nique pour qu'elle fasse une colère et lui donne l'occasion de rompre ? Ou… n'est-ce tout simplement que de l'arrogance ? Parce qu'il s'imagine qu'il peut tout se permettre, étant certain qu'elle ne voudra pas se séparer de son partenaire.

Eh bien, il a raison. Il la connaît si bien.

Malgré tout, un témoin l'a déjà vu s'isoler dans le phare avec une conquête, qui qu'elle soit. D'autres pourraient les voir. C'est humiliant. Elle ne l'acceptera pas. Heureusement, le témoin a eu la bonté de la prévenir.

— Non, je ne le laisserai pas s'en tirer aussi facilement, finit-elle par répondre. Je déteste ce phare, mais je vais y aller quand même.

— Je t'accompagne. Faisons le détour par le bois, comme ça il ne nous verra pas arriver.

Personne ne les voit s'éloigner.

Personne ne les voit arriver non plus lorsque, à bout de souffle de s'être pressées pour pincer l'infidèle, elles atteignent le phare.

— Ils sont probablement sur la plateforme d'observation, dit-on à la fille en jaune.

— Allons-y. S'il m'a encore trompée, ça se pourrait que je perde la tête et que je les pousse tous les deux contre cette vieille balustrade branlante. Ça leur donnerait une bonne leçon.

Mais ce n'est ni le petit ami infidèle ni sa jeune conquête qui tombe de la plateforme.

Parce qu'il n'y a ni petit ami ni jolie rousse à portée de vue lorsque leurs deux poursuivantes débouchent au sommet de l'escalier.

La fille en jaune se tourne vers sa compagne et demande :

— Tu es certaine que tu l'as vu venir par ici ?

Épuisée, elle s'appuie contre la balustrade qui frémit légèrement.

— On n'aurait pas dû faire le détour, ajoute-t-elle. Si on était passées par la route, on les aurait croisés.

Pas de réplique. Seulement un froid regard qui ne cille pas.

Le vent glacé plaque leurs vêtements sur leur corps, ébouriffe leurs cheveux, leur met les larmes aux yeux. Puis le beau visage de la fille en jaune affiche la consternation. Elle ferme les yeux à demi tandis que la vérité se fait jour.

— Oh ! ça alors, je n'y crois pas ! s'exclame-t-elle. Je suis vraiment stupide ! Tu ne l'as jamais vu monter ici avec une fille. Il n'est pas venu ici. Tu as inventé tout ça. Pourquoi ? C'est tellement cruel ! Je t'ai dit que je déteste cet endroit. C'est dangereux. Qu'est-ce qu'on fait ici ?

Sa compagne le lui explique lentement en choisissant ses mots avec soin et en finissant par :

— Je ne te demande pas la lune, hein ? C'est une toute petite faveur, en fait. Qu'est-ce que tu en dis ?

La fille en jaune rit dédaigneusement avant de répondre :

— Je n'ai jamais rien entendu d'aussi ridicule. Pourquoi est-ce que je ferais ça ?

L'autre penche la tête et lui jette un regard glacé.

— Parce que je te le demande, dit-elle. Parce qu'il faut que tu dises oui.

— Jamais de la vie. Tu es folle !

Les yeux glacés se plissent.

— Folle ? répète l'autre.

— Oui. Je n'accepterai jamais une demande pareille.

— Il veut aller au bal avec moi. Je ne voulais pas te le dire. J'espérais ne pas avoir à le faire. Mais c'est vrai. On est... Euh, je suis sortie quelques fois avec lui. Quand tu étais occupée. Tu es toujours terriblement occupée, tu sais. Il s'en plaint beaucoup. En tout cas, il n'a pas eu le courage de t'apprendre ce qui se passe entre nous. Il sait que tu feras une crise et il est si lâche. Écoute, je ne le veux pas pour toujours. Seulement pour cette soirée. Pourquoi es-tu si égoïste ?

— Toi ? C'est avec toi qu'il me trompe ? Non, c'est impossible ! C'est aussi ridicule que tout le reste.

La voix de l'autre devient toute douce :

— C'est avec moi. Dis oui, d'accord ? Promets

41

que tu me feras cette petite faveur de rien du tout.
Tu ne tiens pas à lui tant que ça, sinon tu ne l'aurais
pas négligé autant. Toutes tes activités ne
passeraient pas avant lui. Alors laisse-le-moi pour
une seule soirée. Il ne te quittera pas de lui-même,
il n'en a pas le courage. C'est toi qui dois le libérer.

— Jamais. Je ne vais pas manquer le bal. Tout le
monde dit que je serai reine cette année. Comment
peux-tu me demander une chose pareille ?

— Oh ! mais, de toute façon, tu n'iras pas au bal !
dit l'autre de la même voix douce. Pourquoi est-ce
que tu résistes ? Ça devait être si facile.

Elle tape du pied sur le plancher pourri.

Alarmée par le regard qui la fixe, la fille en
jaune recule d'un pas. Mais elle reste intraitable.

— Tu es réellement folle, tu sais ça ? dit-elle.

C'est sa première erreur.

— Ne dis pas ça ! menace l'autre.

— Je... ce n'est pas ce que je voulais dire. Mais
j'irai au bal. C'est certain.

— Oh ! vraiment ? Je ne le crois pas.

— Je ne sais pas ce qui te prend, dit la fille en
jaune d'une voix froide et remarquablement ferme.
Mais moi, je descends. Maintenant. Laisse-moi
passer !

Sa dureté est sa deuxième erreur. Mais elle a
l'habitude de faire ce qu'elle veut.

— Je ne peux pas te laisser partir. Pas tant que
tu ne m'as pas promis que tu le laisseras m'accompagner au bal. Promets, et tu pourras descendre.

La fille en jaune, comprenant enfin qu'elle est vraiment en danger, fait un pas de côté. Dans sa panique soudaine, elle oublie l'état de décrépitude de la balustrade. C'est sa troisième erreur.

Dès que sa hanche la heurte, une section de la balustrade cède avec un craquement sec. Saisie, la fille perd pied et tombe de côté par-dessus le bord de la plateforme. Elle ne pousse qu'un tout petit cri de surprise. À la dernière seconde, sa main baguée et bien manicurée agrippe un poteau.

Au-dessus d'elle, l'autre plaque ses mains sur sa bouche dans un geste d'horreur. La chute, qui ne fait vraisemblablement pas partie du plan, a créé chez l'observatrice un état de stupeur qui n'aide en rien la victime.

La fille en jaune, suspendue par une main, agite frénétiquement les jambes qui frappent le mur de pierres blanches du phare.

— Aide-moi ! crie-t-elle. S'il te plaît, donne-moi la main !

L'autre se jette immédiatement à genoux en gémissant :

— Tiens bon ! Ne tombe pas. Je vais t'aider. Tiens bon.

Elle se penche et avance les mains…

Puis elle se redresse lentement, tandis que l'expression d'horreur s'efface de ses traits pour être remplacée par une autre très différente.

— Qu'est-ce que je fais ? dit-elle. Pourquoi est-ce que je t'aiderais ? Tu ne veux pas m'aider, toi. Je t'ai suppliée et tu as refusé. Tu m'as traitée de folle.

Elle s'accroupit sur ses talons et, plongeant son regard dans les yeux emplis de terreur de la fille suspendue dans le vide, elle poursuit :

— Non, je ne crois pas que ce serait bien que je t'aide. Comprends-moi : tu n'as pas été compréhensive du tout. Pas du tout. Et ce n'est pas ma faute si tu es tombée. Je ne t'ai pas touchée. Ce n'est pas ma faute, hein ?

Posé sur la fille blême qui n'agite même plus les jambes parce que le mouvement fait que ça tire davantage sur le bras avec lequel elle se retient, le regard a graduellement changé pour devenir semblable à celui d'un renard qui aurait capturé une proie par hasard et serait surpris de sa bonne fortune. C'est un regard de ruse froide. Et il change de nouveau pour manifester un plaisir non dissimulé. Plus précisément, une joie maladive et triomphante.

La fille en jaune observe les changements de ce regard et son dernier espoir meurt. Elle sait que le même sort lui est réservé. Elle va mourir. Maintenant. Parce que le visage du seul être qui pourrait l'empêcher de tomber sur les rochers acérés n'est plus humain. Toute trace de bonté, de pardon, de compassion en est effacée et remplacée par un air de prédateur.

L'autre se relève. Le bout d'une chaussure noire

s'avance lentement et se met à écraser les doigts agrippés au poteau. Un doigt lâche prise. Deux…

— Ce n'est pas ma faute. Je ne t'ai pas touchée. Tu es tombée, c'est tout.

La fille en jaune n'est pas petite. Trois doigts, c'est peu pour empêcher son corps si parfait de céder à l'attraction terrestre.

L'autre se penche soudain pour lui arracher le bandeau qu'elle met dans sa poche. Puis elle se redresse et le bout de sa chaussure s'avance de nouveau, alors qu'elle dit :

— Je suis désolée, pourtant. Mais tu aurais dû être plus prudente.

— Non, murmure la fille en jaune, alors que les larmes qui ruissellent sur ses joues diluent son maquillage. S'il te plaît, non, je ferai ce que tu veux ! Je n'irai pas au bal. Je…

— Menteuse !

Le bout de la chaussure frappe durement les trois doigts qui s'accrochent. Un craquement sec se fait entendre. Ils lâchent le poteau. La fille en jaune tombe en direction des rochers pointus et mouillés qui se dressent au-dessous d'elle.

Elle ne laisse échapper qu'un seul cri pendant sa chute, un cri désespéré de terreur.

— Tu avais raison, dit l'autre. Cet endroit est vraiment dangereux.

Tandis qu'elle s'écarte du bord, un petit objet tombe de sa poche. Elle se penche pour le ramasser, puis change d'idée. Hochant la tête, elle le laisse sur le plancher de bois, à demi dissimulé sous un vieux banc usé.

Puis la chaussure qui a écrasé les doigts s'avance près de sa pareille et la paire redescend l'escalier circulaire, sans se presser.

Chapitre 5

Elle est morte. Morte! Ce n'est pas ce que j'avais prévu et je ne souhaitais pas que ça arrive, mais c'est arrivé et ce n'est pas ma faute et je ne peux pas arrêter de penser que, maintenant, j'aurai ce que je désire. Ce qu'elle ne voulait pas me donner.

Ça a été si facile.

Qu'est-ce que je vais faire?

Je ne peux pas m'arrêter de trembler et il ne fait même pas si froid que ça ici en bas. Le vent ne peut pas entrer en moi. Personne ne peut me voir ici, dans ma cachette, n'est-ce pas? Ils ne me chercheront pas ici, hein?

Ils ne chercheront personne. Quand ils la trouveront, ils croiront que c'est un accident. Personne ne sait que j'étais avec elle. Je suis la seule survivante et je n'avouerai jamais. Jamais.

Quand ils la trouveront, je quitterai ma cachette et je me joindrai à la foule qui s'amènera au bord de l'eau. Ils penseront que j'étais avec eux, que je n'ai jamais quitté le pique-nique.

Il va falloir que je fasse bien attention de réagir comme les autres. S'ils pleurent, je pleurerai. Je vais les imiter. On ne remarquera rien de bizarre dans ma conduite. Je ferai très attention à ça.

Je me sens drôle. Les choses se sont bien passées pour moi ; mieux que je ne le pensais. Je crois... Je crois que si tout ne se passe pas comme je le veux, je pourrais recommencer encore et encore jusqu'à ce que j'obtienne ce que je veux. C'est si facile de s'arranger pour que ça ait l'air d'un accident et pour que personne ne me soupçonne. Je suis trop rusée pour ça.

L'expression sur son visage... Je la verrai en rêve, et peut-être même quand je serai éveillée, durant le reste de ma vie. Et j'entendrai son cri même quand j'écouterai de la musique ou que je parlerai à quelqu'un ou que j'applaudirai à un spectacle. Il me résonnera dans les oreilles, comme si c'était en train de se passer à la seconde même.

Je ne dois pas me punir comme ça. Ce n'était vraiment pas ma faute. Elle aurait dû être plus prudente. Et je ne pouvais certainement pas l'aider après qu'elle ait refusé de m'aider. Ça n'aurait pas été juste.

Mais elle est morte. Disparue. Pour toujours. Elle flotte sur l'eau, comme une bouée jaune.

Voilà, je ne tremble plus. Je me sens forte à présent. Plus forte que je ne l'ai jamais été. Je

*peux faire ce que je veux. Je peux obtenir ce que
je veux.*

*Et maintenant j'ai un gars pour m'accompa-
gner au bal.*

Chapitre 6

Sur le chemin qui traverse le parc, le cri stoppe Miriam et Mathieu. Le terrible son se mêle au sifflement du vent pour produire un gémissement sinistre.

Ils restent tous deux immobiles. Plus loin, une partie de baseball et une autre de volley-ball continuent à se dérouler, comme si de rien n'était. Miriam s'attend à ce que les spectateurs cessent de hurler pour écouter si la plainte de terreur désespérée s'élève de nouveau.

— Qu'est-ce que c'était que ça ? demande Mathieu d'une voix grave.

— Je ne sais pas, répond Miriam, le cœur serré.

Pointant du doigt l'endroit d'où ils viennent, elle ajoute :

— Ça venait de là-bas. Il faudrait aller voir.

Juste à ce moment-là, un ami invite Mathieu à se joindre à la partie de baseball.

— Je peux y retourner toute seule, dit Miriam.

Elle commence à marcher rapidement. Mathieu

la rattrape une seconde plus tard. Elle se sent tout de suite mieux. Elle n'a pas très envie de retourner au phare seule s'il y a des problèmes.

À mi-chemin, ils croisent Caroline qui sort du bois, un bouquet de fleurs sauvages à la main. Lorsque Miriam lui raconte ce qui se passe, elle dit:

— Je n'ai pas entendu de cri. Tu peux demander à Lara et à Sylvain; ils sont dans le bois, eux aussi.

— On n'attend pas, dit vivement Miriam. Rejoignez-nous au phare. On aura peut-être besoin d'aide.

— Tu t'en fais sans doute pour rien, dit Caroline. C'est un pique-nique. Les gens crient quand ils s'amusent.

Mais Miriam est déjà repartie, Mathieu à son côté.

Le phare est vide. Personne ne répond à leurs appels. Personne ne les attend sur la plateforme d'observation.

— Mathieu! Regarde, la balustrade est cassée, dit Miriam.

— Elle est pourrie depuis des années.

— Je sais, mais elle n'était pas cassée quand on est venus ici tout à l'heure.

— C'est vrai, c'est là que je me suis appuyé jusqu'à ce que tu me dises que c'était dangereux.

Des pas dans l'escalier les préviennent de l'arrivée de Caroline, Lara et Sylvain. Miriam leur montre le trou dans la balustrade et tous se penchent prudemment pour regarder en bas.

Ils aperçoivent tous en même temps une veste

jaune qui flotte sur l'eau. Ils sont trop loin pour en voir plus.

— Descendons voir ça de plus près, suggère Mathieu.

Lorsqu'ils émergent en plein soleil, Caroline dit:

— Je ne m'approche pas de l'eau. Je sais que ce n'est qu'une veste. Mais je vais vous attendre ici.

— Je reste avec toi, dit Lara.

Les trois autres se pressent d'atteindre le bord de l'eau.

Le cœur de Miriam bat fort dans sa poitrine. Il ne peut pas y avoir quelqu'un dans la veste, sinon ça veut dire que cette personne n'est pas vivante. Elle ne supporte pas l'idée qu'un des pique-niqueurs pourrait être mort.

Le chemin vers la plage est ardu. Le sol est iné-gal, rocailleux, et ils doivent lutter contre le vent. «Par pitié, ne permettez pas qu'il y ait quelqu'un dans la veste! Faites que Caroline ait raison!» prie intérieurement Miriam.

Ils atteignent enfin le bord de l'eau.

Et Miriam voit alors que Caroline a tort.

La veste jaune n'est pas vide.

Quelqu'un la porte encore.

Chapitre 7

Ils s'immobilisent tous trois au bord de l'eau et fixent les vagues d'un regard bouleversé.

— Oh ! Seigneur ! murmure Miriam. C'est Stéphanie Marsan.

Elle la reconnaît avant même de distinguer clairement les cheveux noirs entourant, comme des algues, la tête qui danse sur l'eau, le visage tourné vers le ciel.

Paralysés par l'horreur, ils voient, au milieu des vagues, le pied gauche de Stéphanie retenu captif dans une crevasse entre deux rochers.

— Si elle n'était pas retenue par le pied, elle aurait dérivé, dit finalement Sylvain.

Bien que la force des vagues ait nettoyé toute trace de sang, leur épargnant au moins ça, ils sont forcés de constater que plus un seul os du visage de Stéphanie ne semble intact. Les doux traits au teint mat admirés de tous sont maintenant réduits à une bouillie de chairs détrempées.

Les yeux au regard fixe de poupée sont braqués

sur le phare. Les trois observateurs tournent automatiquement la tête pour suivre ce regard.

— Elle est tombée du phare, affirme Mathieu.

— Le trou dans la balustrade et le cri qu'on a entendu, c'était Stéphanie qui tombait, dit Miriam en frissonnant.

— Je ne comprends pas, poursuit Mathieu. Stéphanie ne serait jamais montée là-haut toute seule. Elle détestait le phare. De toute façon, elle n'allait jamais nulle part toute seule.

— S'il y avait eu quelqu'un avec elle, il l'aurait aidée, dit Sylvain. Il serait venu chercher de l'aide au parc.

— Je sais, réplique Mathieu. Tout ce que je dis, c'est que, telle que je connaissais Stéphanie, elle ne serait jamais montée dans le phare toute seule.

Caroline arrive derrière eux tellement silencieusement qu'ils sursautent lorsqu'elle demande :

— Qui est-ce ?

— C'est Stéphanie Marsan, répond Miriam.

— Elle est…

— Oui, elle est morte, répond encore Miriam.

Puis se tournant vers Mathieu, celle-ci dit :

— Il faut la sortir de l'eau.

— Non, on ne doit pas la toucher, réplique-t-il. Appelons la police.

— La police ? s'exclame Caroline. Tu veux dire une ambulance.

— Je veux dire la police, insiste Mathieu. On dirait que Stéphanie s'est tuée en tombant du phare.

Et je vous affirme, moi qui la connaissais bien, qu'elle ne serait jamais montée là-haut toute seule. Alors, il faut prévenir la police.

Caroline tourne le dos à l'eau et se met à pleurer doucement en disant :

— On ne devrait pas la laisser là ; c'est pas correct.

— Je n'aime pas la laisser là mais, Caroline, elle est morte, dit Mathieu. Toi et Sylvain, allez téléphoner. Miriam et moi, on restera ici. Où est votre amie Lara ?

— Elle n'a pas voulu venir jusqu'ici.

Lorsque Caroline et Sylvain se sont éloignés, Miriam dit tout bas :

— Excuse-moi, Mathieu, mais je ne peux pas rester ici à regarder ce qui lui arrive. Elle se frappe tout le temps contre les rochers. Ça me rend malade. C'est horrible ! Mais je ne veux pas l'abandonner, non plus. Et si son pied se dégageait pendant qu'on n'est pas là ? Elle dériverait ou bien elle coulerait.

Elle frissonne à la pensée du corps de Stéphanie s'enfonçant dans sa tombe liquide.

— Va attendre dans le phare, suggère Mathieu. Je resterai ici. Quand tes amis reviendront, ils ramèneront tous les élèves du pique-nique. Alors, ce sera à toi d'empêcher Michel de la voir. Si personne ne lui a raconté ce qui s'est passé, dis-le-lui gentiment, d'accord ? Stéphanie et lui n'avaient pas une relation idéale, mais ils sortaient ensemble depuis des années.

Miriam va s'asseoir à côté de Lara sur une marche de l'escalier du phare. Elle prie pour que Caroline ou Sylvain ait tout appris à Michel. Mais lorsque ses amis reviennent en hâte vers elle, suivis d'un groupe de pique-niqueurs, Caroline lui chuchote à l'oreille :

— Je n'ai pas été capable d'en parler à Michel. Je ne le connais pas assez. Que Mathieu lui parle. C'est son ami.

Mais Miriam ne peut pas emmener Michel près de Mathieu au bord de l'eau et lui laisser voir sa petite amie dans l'état où ils l'ont vue. Elle l'entraîne plutôt à l'écart et lui apprend la terrible nouvelle le plus gentiment qu'elle peut. Lorsqu'il comprend ce qu'elle lui raconte, il essaie de s'élancer vers le rivage. Alors Miriam s'accroche à lui et crie à David et à Lucas, les amoureux de Kiki et de Béatrice, de venir l'aider à empêcher Michel de s'approcher de l'eau.

Lorsqu'ils ont réussi à le maîtriser, Miriam lui dit :

— Ne va pas là-bas, Michel. Tu ne peux rien faire pour Stéphanie. Je suis désolée. Elle a dû tomber du phare. Il manque une partie de la balustrade.

— Non ! crie Michel. Elle n'a pas pu monter là-haut ! Elle détestait le phare et elle ne serait jamais, jamais montée toute seule !

C'est exactement ce qu'a dit Mathieu.

Petit à petit, l'affreuse nouvelle se répand dans le groupe. Plusieurs pique-niqueurs, dont surtout les amis intimes de Stéphanie, veulent aller au bord de l'eau. Ça prend tout le pouvoir de persuasion de Miriam pour les convaincre de ne pas aller voir la victime. Lucas et elle leur répètent qu'ils ne peuvent rien faire pour leur pauvre amie et que, de plus, ils gêneront le travail des ambulanciers, lorsque ceux-ci arriveront.

— Caroline et Sylvain vont aller tenir compagnie à Mathieu, déclare Miriam. Les autres, pouvez-vous rester ici avec Michel ?

— Je ne peux pas retourner là-bas, proteste Caroline, le visage aussi blême que celui de Michel.

Sylvain y va seul.

Les amis de Michel l'emmènent s'asseoir dans l'escalier du phare. Il ne cesse de répéter :

— Elle ne serait pas montée là-haut toute seule.

Il le dit si souvent qu'il convainc Miriam que lui et Mathieu ont raison. Impulsivement, elle se lève et s'éloigne un peu du phare. Puis elle fait signe à Lydia et à Béatrice de la rejoindre. Elles s'approchent toutes deux, le visage blanc et les yeux vides.

— Miriam, Michel a besoin de nous. Qu'est-ce que tu nous veux ? demande Lydia d'une voix morose.

— Vous étiez les meilleures amies de Stéphanie. Trouvez-vous que Michel a raison de dire qu'elle détestait le phare ?

— Oh oui ! il a raison ! répond Lydia.

— Alors qu'est-ce qu'elle faisait là-haut ?

— Je réfléchissais à ça, dit Béatrice, d'une voix que les larmes ont rendue rauque. Ce n'est pas la première fois qu'on vient au cap. On vient ici depuis des années pour pique-niquer.

— Mes amies et moi, aussi, affirme Miriam.

— Eh bien, Stéphanie n'est montée qu'une fois dans le phare et elle s'est bien jurée de ne plus jamais y remettre les pieds. Elle avait toujours tenu sa promesse… jusqu'à aujourd'hui.

De nouvelles larmes roulent sur les joues de Béatrice.

Kiki les rejoint et demande d'un ton hostile :

— Miriam, pourquoi t'impliques-tu autant dans cette affaire ? Tu n'étais pas une de ses amies. Lydia, Béatrice et moi, nous sommes les amies de Stéphanie. Nous le sommes depuis toujours. Pas toi. Tu la connaissais à peine.

— Kiki, Miriam veut seulement nous aider, dit Lydia.

Mais Miriam pense que la question est pertinente. Elle ne sait pas comment y répondre. Elle ne peut pas dire : « Je m'implique parce que j'ai une affreuse sensation au creux du ventre depuis que j'ai trouvé les robes abîmées près du Quatuor. Et ce qui est arrivé à Stéphanie n'a fait qu'aggraver mon malaise. » Elle ne peut pas dire ça, parce que sa mère ne veut pas que Lydia et Béatrice apprennent ce qu'ont subi leurs robes de bal.

Pas qu'il puisse y avoir un lien entre les deux événements. Comment cela se pourrait-il ? Ce serait stupide de comparer la destruction de vêtements à la mort brutale d'un être humain. Pourtant, la sensation qu'elle ressent présentement est la même que celle ressentie dans la ruelle près du Quatuor, mais mille fois plus forte.

Comme Miriam ne répond pas à la question, Lydia retourne s'asseoir dans l'escalier du phare près de Michel. Béatrice la suit en s'essuyant les yeux.

«Ce n'est pas parce que je n'étais pas une amie de Stéphanie, que je ne suis pas horrifiée par sa mort», pense Miriam.

Lara vient la rejoindre et, se souvenant clairement de la remarque cruelle que Stéphanie lui avait faite, elle dit:

— Ne t'attends pas à ce que je pleure. Je n'aimais pas cette fille et je ne peux pas faire semblant d'être bouleversée. Elle était méchante.

— Pas méchante au point de mourir de cette façon-là, proteste Miriam dans un murmure.

Elle revoit en pensée le visage défiguré. Une vie a été détruite.

Chapitre 8

L'ambulance arrive d'abord, puis c'est au tour de la voiture de police. Tandis que les ambulanciers revêtent une combinaison de plongée pour aller retirer le corps de l'eau, deux policiers descendent vers le rivage où se tiennent Mathieu et Sylvain.

Lucas et David réussissent à empêcher Michel de suivre les policiers. Ils doivent le retenir par la force. Finalement, il se laisse tomber sur une marche de l'escalier. Miriam croit l'entendre murmurer:

— C'est ma faute! Tout ça est ma faute!

Mais elle se trompe sûrement: Michel jouait au baseball quand le cri a retenti.

L'attente semble s'étirer à l'infini. Ils se sont naturellement divisés en deux groupes: Michel et ses consolateurs forment le plus nombreux, Miriam et ses amies, l'autre.

La tension est brisée par un bruit de voix derrière le phare.

Le groupe assis sur les marches se lève. Seul le

visage de Michel affiche de l'espoir. «C'est parce qu'il n'a pas vu ce que j'ai vu, se dit Miriam. Il ne croit pas qu'elle est morte. »

Les deux policiers précèdent les ambulanciers portant une civière sur laquelle est étendu un sac à cadavre soigneusement fermé. C'est une vision que n'oublieront jamais ceux qui en sont témoins.

Michel pousse un gémissement et, se laissant retomber sur la marche, il se prend la tête à deux mains. Béatrice et Kiki éclatent en sanglots. Lydia marmonne quelque chose, puis se plaque les mains sur la bouche. Les autres regardent en silence le sac funèbre contenant le corps sans vie de Stéphanie.

Mathieu et Sylvain suivent le cortège.

Tandis que la civière est déposée dans l'ambulance, les policiers s'approchent du groupe. L'un d'eux sort un calepin et un stylo. Il est assez bon d'attendre que l'ambulance soit partie avant de leur dire :

— Excusez-moi les amis, mais je vais devoir vous poser quelques questions. L'un de vous a-t-il vu ce qui est arrivé à cette fille ?

L'autre policier se fraie un chemin parmi le groupe et se met à monter l'escalier du phare.

Son collègue prend en note les noms et numéros de téléphone des personnes présentes, vérifie les cartes d'identité, puis demande à chacun s'il a vu ou entendu quelque chose.

Seuls Mathieu et Miriam ont entendu le cri.

Le policier inscrit sur son calepin l'heure à

laquelle ils l'ont entendu. Puis il demande aux autres pique-niqueurs ce qu'ils faisaient à ce moment-là.

Miriam n'écoute pas attentivement les réponses, qui vont de « Je cueillais des fleurs. » à « Je jouais au baseball. », en passant par « Je ne sais pas. J'étais juste assis à rien faire. ».

— C'est toi le petit ami ? demande le policier à Michel, dont le visage ruisselle de larmes. Tu étais avec elle quand elle est tombée ?

— Non, si j'avais été là, je l'aurais empêchée de tomber, répond Michel d'un ton coléreux.

— Comment ça se fait que tu n'étais pas avec elle ?

Miriam regarde le policier. C'est une bonne question. Elle n'aurait jamais pensé à la poser. Mais elle n'a jamais vu Stéphanie Marsan toute seule. Lorsqu'elle n'était pas avec ses trois meilleures amies, elle était avec Michel. À l'école, au cinéma, au centre commercial, aux *partys*. Selon certaines rumeurs, son amoureux n'était pas le plus fidèle du monde, mais leur relation durait. Alors pourquoi n'était-il pas avec elle lorsqu'elle est montée dans le phare ?

Michel ne répond pas tout de suite. Le policier doit répéter sa question pour que le garçon bredouille :

— Je... on... on s'était disputés. Pas une vraie dispute, ajoute-t-il vivement. Juste une petite discussion. Je voulais jouer au baseball et elle ne le voulait pas. Elle disait qu'elle serait tout en sueur. Elle s'est fâchée et est partie. J'ai joué et quand la partie a été finie, je l'ai cherchée. Et Caroline est accourue au parc en criant que quelque chose de terrible était arrivé. J'ai tout de suite su qu'elle parlait de Stéphanie. Parce que Stef n'était pas revenue.

Le policier paraît n'avoir rien entendu de tout ce que Michel vient de dire, à part la première phrase. Il demande :

— Une dispute ? Tu t'es disputé avec la fille qui est morte ?

Ils frissonnent tous ; ils ne sont pas prêts à penser à Stéphanie en tant que « la fille qui est morte ».

— C'était pas une dispute, insiste Michel, d'une voix où perce la peur.

Miriam se dit qu'elle aurait peur aussi si le policier la pressait ainsi de questions.

Stéphanie et Michel se disputaient souvent. Et puis après ? Ça ne veut pas dire qu'il l'a poussée du haut de la plateforme.

Poussée ? Cette pensée bouleverse Miriam. Personne n'a dit que Stéphanie a été poussée. Elle s'est appuyée contre la balustrade qui a cédé, pas vrai ?

« Oh ! Miriam, tu n'y crois pas une seconde ! dit une voix en elle. Pas depuis que Mathieu et Michel ont dit que Stéphanie ne serait jamais venue au phare toute seule. C'est pour ça que tu sens ce malaise au creux de ton ventre. Non ! Tu ne veux pas que ce soit vrai ! C'est trop horrible ! »

L'autre policier sort du phare et vient montrer à son collègue le petit objet brillant qu'il tient dans sa main. Miriam ne voit pas ce que c'est. Une boucle d'oreille appartenant à Stéphanie ?

Elle s'avance, curieuse comme tous les autres de voir l'objet.

C'est une épinglette représentant quatre instruments de musique. Un de ces petits souvenirs qu'Adrienne donne aux clients du Quatuor.

— L'un d'entre vous sait ce que c'est ? demande le policier. Je l'ai trouvée sur le plancher de la plateforme.

Miriam fronce les sourcils. Stéphanie n'a jamais mis une de ces épinglettes. Elle ne portait que des bijoux en or valant très cher. Elle en a peut-être pris une en souvenir, mais elle aurait préféré mourir que... Elle ne l'aurait jamais portée.

— Oh ! on en a tous ! répond Béatrice d'une voix étranglée par les pleurs. On peut en prendre autant qu'on veut au Quatuor. Tout le monde en a.

— Stéphanie n'aurait jamais mis une de ces épinglettes, dit Miriam. Elle ne portait que des bijoux en or. Pas vrai, Michel ?

— Ouais, en or, dit lentement Michel avec effort. Elle n'aimait que les choses de qualité. Elle n'aurait pas porté ça.   -

— Ce n'était pas à elle, dit pensivement Miriam, comme si elle réfléchissait tout haut.

Quand je suis allée sur la plateforme la première fois, cet après-midi, l'épinglette n'était pas là. Je l'aurais remarquée. Le Quatuor est la boutique de ma mère et j'y travaille, alors ces épinglettes ont plus de signification pour moi que pour les autres. S'il y en avait eu une, je l'aurais vue.

— Tu es peut-être tellement habituée de les voir que tu ne les remarques plus, réplique le policier d'un ton sceptique.

— C'est vrai quand quelqu'un en porte une, approuve Miriam. Mais si j'en avais vu une par terre, je l'aurais ramassée, comme je le fais à la boutique. Je suis certaine qu'elle n'y était pas quand on y est allés.

— On? Je pensais que tu étais toute seule.

Miriam se sent rougir.

— D'abord, j'étais seule, puis il m'a rejointe.

Elle pointe Mathieu d'un doigt timide en se demandant s'il sera fâché qu'elle l'ait mêlé à la conversation.

— Mathieu et toi? demande Béatrice, étonnée. Au phare?

Tous les yeux sont tournés vers Miriam. Elle sait qu'elle a les joues rouges et se sent sur la défensive. Depuis quand est-ce un crime de rencontrer quelqu'un par hasard?

— Tu as vu quelque chose? demande le policier à Mathieu.

— Non.

— As-tu remarqué l'épinglette par terre?

— Non. Mais ça se peut qu'elle ait été là. Elle est vraiment petite. Probablement qu'elle n'aurait pas attiré mon regard. Je ne regardais pas le plancher.

— Il y a eu beaucoup de monde là-haut, aujourd'hui, intervient Sylvain. Comme Béatrice l'a dit, l'épinglette pourrait appartenir à n'importe qui.

L'officier hoche la tête. Pourtant, Miriam est convaincue que l'objet a été perdu entre sa première et sa deuxième visite au phare.

— Vous n'êtes pas censés monter dans le phare, gronde le policier. Vous n'avez pas lu l'écriteau? Il n'est pas là pour rien. Ça prend un drame comme celui d'aujourd'hui pour que vous compreniez le danger. Vous vous pensez invincibles, mais vous ne l'êtes pas. Je pense que vous le savez maintenant, hein?

Lorsqu'il leur permet de s'en aller, les pique-niqueurs s'éloignent silencieusement en direction du parc. Ils ont hâte de quitter les lieux.

Miriam aimerait résoudre l'énigme de l'épinglette. Elle est incapable de cesser d'y penser. Et si Stéphanie n'était pas montée seule dans le phare?

Alors la personne qui l'accompagnait l'aurait empêchée de tomber. Et si elle n'avait pas réussi, elle serait venue en courant chercher du secours. Elle aurait rapporté l'accident.

Mais rien de tout ça n'est arrivé.

Un frisson traverse Miriam. C'est impossible

que quelqu'un ait été témoin de la chute de Stéphanie sur les rochers et n'ait rien fait. Un être pareil aurait l'esprit totalement dérangé. Cette pensée la rend malade.

S'il y a eu un témoin de la mort de Stéphanie, Miriam n'a pas envie de penser à quel point il peut être méchant ou fou.

Chapitre 9

Tous les pique-niqueurs sont retournés au parc ramasser leurs affaires et nettoyer hâtivement l'endroit.

Une expression figée est plaquée sur le visage de chacun. Ils ont tous peur.

Ils sont conscients que ce qui est arrivé à Stéphanie pourrait arriver à n'importe lequel d'entre eux.

Mathieu s'approche de Miriam alors qu'elle s'apprête à partir avec ses amies.

— Allez-y! leur dit-elle. Je vous rattraperai.

Hochant mollement la tête, les trois filles s'éloignent en direction du terrain de stationnement.

— Je voulais t'offrir de te ramener chez toi, dit Mathieu. Mais je reconduis Michel. Il est complètement perdu. Je ne pense pas que tu trouverais le voyage plaisant. Est-ce que je peux t'appeler ce soir?

Miriam ne ressent aucune surprise. Il ne reste plus de place en elle pour d'autres émotions que l'horreur.

— Ouais, d'accord, répond-elle. Je serai chez moi toute la soirée.

— Super! Merci. On se parle tout à l'heure, alors. Ton numéro est dans l'annuaire?

— Oui, au nom d'Adrienne Dubé.

Il la salue d'un geste de la main et retourne vers Michel, prostré sur un banc entre Lydia et David.

«Pauvre Michel!» se dit Miriam. Elle espère que durant le trajet du retour, ses amies n'aborderont pas le sujet de la mort de Stéphanie. Personne n'en parle.

Lorsque Miriam rentre chez elle, épuisée et à bout de nerfs, sa mère bondit du divan sur lequel elle lisait et se précipite vers elle en disant:

— Je viens d'apprendre la nouvelle. J'étais si inquiète pour toi. Est-ce que ça va?

— Je crois.

Miriam se laisse tomber sur le divan.

— Je ne suis pas blessée, poursuit-elle. C'est seulement... Je n'arrête pas de la voir flotter, avec sa veste jaune toute gonflée autour d'elle. Elle était déjà morte quand on... quand on est arrivés au bord de l'eau.

Sa mère s'assoit à côté d'elle.

— Cécile a raison, dit-elle en parlant de la mère de Caroline. Le phare aurait dû être rasé. S'il l'avait été, Stéphanie serait encore vivante.

Elle prend sa fille dans ses bras et la laisse pleurer, puis elle la réconforte:

— Ça a dû être affreux. Essaie de ne plus y

penser, Mimi... Tu trembles! Une bonne douche chaude te ferait du bien et je vais faire du thé.

— Comment est-ce que je peux cesser d'y penser? demande Miriam, les yeux pleins d'angoisse. Stéphanie est morte! Et j'étais là-haut sur cette plateforme quelques minutes seulement avant elle. La balustrade aurait pu se briser à ce moment-là.

Elle s'écarte de sa mère et s'essuie les joues avec sa manche avant d'ajouter:

— Si c'est vraiment ce qui s'est passé.

— Si? Y a-t-il un doute? Aux nouvelles, ils disaient que la balustrade a cédé et que Stéphanie est tombée.

Miriam n'a pas l'intention d'exprimer le fond de sa pensée. Sa mère a déjà bien assez de sujets de préoccupation avec le bal si proche et les trois robes à refaire. Ou plutôt, deux robes. Stéphanie n'aura plus besoin de sa robe, maintenant.

— Mais oui, c'est ça qui est arrivé, dit fermement Miriam en se levant. La balustrade est tellement vieille. J'ai dû avertir Mathieu de ne pas s'appuyer dessus. C'est lui qui aurait pu tomber.

— Mathieu?

Miriam est soulagée de changer de sujet. Pas qu'elle ait tant à dire sur Mathieu. Mais après une longue période de sécheresse, quelques gouttes d'eau sont une bénédiction. Adrienne a attendu très longtemps pour entendre sa fille lui dire qu'elle a passé un moment avec un beau garçon populaire. Alors ce n'est pas important que leur rencontre ait été parfaitement anodine, qu'il ne lui ait pas donné de rendez-vous et qu'ils n'aient pas eu le coup de foudre. Miriam n'ajoute pas qu'il se pourrait qu'il l'appelle ce soir, parce qu'il ne le fera peut-être pas.

Adrienne boit chacune de ses paroles tout en préparant le thé.

Miriam se retient de sourire des efforts visibles que fait sa mère pour ne pas réagir de manière exagérée. Adrienne est un prodige de retenue. Pas de sautillement excité, pas d'étreinte à sa fille en lui disant: «Oh! enfin, enfin, je savais que ce jour viendrait!» Elle pose une question de temps en temps et sourit énormément, mais elle ne se précipite pas sur le téléphone pour commander des faire-part de mariage.

— C'était agréable, maman, c'est tout, conclut Miriam en prenant la tasse de thé fumant que lui tend sa mère. Mathieu est gentil et pas du tout arrogant comme certains gars.

— S'il n'y avait pas eu ce terrible accident, il t'aurait peut-être ramenée à la maison, se permet de dire Adrienne, incapable cette fois de contrôler l'excitation de sa voix.

«Elle pense au bal», se dit Miriam, ennuyée tout à coup.

— Maman, s'il m'a adressé la parole, c'est uniquement parce qu'il a entendu parler de cette affaire de robes. Son frère était un des policiers qui sont venus nous voir.

Le visage de sa mère prend une expression inquiète.

— Oh! Dieu du ciel! Miriam, tu ne lui as pas parlé de ça, hein? Je ne veux pas que tout le monde soit au courant de cette affaire. Il me reste une dizaine de robes à vendre. Si cette histoire se répand, elles seront encore suspendues à leurs cintres alors que le bal ne sera plus qu'un souvenir.

Tout à coup, Miriam se sent épuisée. Elle parvient à sourire faiblement et dit:

— Mathieu ne dira rien. Bon, je vais aller prendre une douche. Merci pour le thé. Et merci de m'avoir écoutée. Ça m'a vraiment fait du bien.

Et c'est vrai. Miriam n'aurait pas aimé rentrer dans une maison vide. Pas après ce qui est arrivé. Elle n'aurait pas voulu se coucher avec en tête l'horrible souvenir aussi cru qu'une blessure à vif. Parler à sa mère en rentrant a soulagé sa douleur.

Et puis elle se sent reconnaissante. Contrairement à Stéphanie Marsan, elle a le droit de continuer à vivre.

Après sa douche, elle s'assoit sur son lit, un manuel sur les genoux, bien qu'elle n'ait pas envie d'étudier. C'est alors que Mathieu l'appelle.

Ils parlent longuement, évitant tous deux soigneusement le sujet de la mort de Stéphanie. Ils parlent de l'école, de leur diplôme et de ce qu'ils feront ensuite. Mathieu veut étudier en droit; Miriam est intéressée par le graphisme.

Finalement, Mathieu soupire et dit:

— Écoute, il est arrivé quelque chose de terrible aujourd'hui. On en a été témoins tous les deux. On ne peut pas continuer à éviter le sujet. En tout cas, je pense qu'il vaut mieux que tu saches que je ne crois pas que c'était un accident.

— Ce n'était pas un accident?

— Non. Éloi me tuerait s'il savait que j'en parle avant que la nouvelle soit rendue publique, demain matin. Alors n'en parle à personne, d'accord? Voilà: Stéphanie n'est pas tombée tout de suite. Ils en sont persuadés maintenant. Elle est restée accrochée, sans doute à une partie de la balustrade. De sa main droite, elle a griffé le mur du phare. Ils y ont trouvé du vernis à ongles.

La vision de Stéphanie suspendue au-dessus des rochers, consciente que si elle ne peut remonter sur la plateforme elle mourra, donne la nausée à Miriam.

— En plus, les jointures de sa main gauche sont brisées et éraflées, explique encore Mathieu. Le médecin légiste y a décelé des traces de cirage à chaussures noir. Comme si on avait donné des coups de pied sur la main de Stéphanie jusqu'à ce qu'elle lâche prise.

— La main qui la retenait au-dessus du vide?

— Oui.

— Est-ce qu'ils savent qui a fait ça? demande Miriam après un long silence.

— Non. Ne dis rien à ta mère ni à tes amies, O.K.? Elles apprendront tout ça demain matin. Toute la ville sera au courant alors... Écoute,

Miriam, ce n'est pas le bon moment, je le sais, mais le bal est dans deux semaines. S'il n'est pas annulé à cause de la mort de Stéphanie. Alors si je dois te poser la question, il vaut mieux que je le fasse maintenant: est-ce que tu as déjà quelqu'un pour t'accompagner au bal?

Miriam a attendu ce moment si longtemps. Et maintenant qu'il est arrivé, elle ne réagit pas. Le bal? Il l'invite au bal? Non, ça ne peut pas être vrai. Elle doit avoir mal compris.

— Miriam? As-tu entendu? Y vas-tu avec quelqu'un?

— Non... Je n'ai personne.

—Parfait! Comme je te l'ai dit plus tôt aujourd'hui, j'avais décidé de ne pas y aller parce que j'étais à court d'argent. Mais quand je suis rentré tout à l'heure, j'ai trouvé dans le courrier un chèque que ma grand-mère m'a envoyé en cadeau pour marquer la fin de mes études secondaires. Alors, maintenant, j'en ai les moyens. Viendrais-tu avec moi?

Miriam réfléchit. «Je dois lui répondre», se dit-elle. Mais son cerveau est encore sous le choc et sa vitesse de réaction a beaucoup ralenti. Mathieu lui a appris que la mort de Stéphanie n'était pas accidentelle et maintenant il l'invite au bal.

— Miriam, tu me rends nerveux. Ça te prend trop de temps pour me répondre.

Son ton est léger, mais Miriam sait qu'il pense ce qu'il dit. Elle répond vite:

— Excuse-moi, je pensais à ce que tu m'as appris à propos de Stéphanie. J'aimerais beaucoup aller au bal avec toi. S'il n'est pas annulé.

— Ouf! Tu m'as donné la frousse pendant une minute. Bon, je dois te quitter maintenant. J'ai promis à Michel de passer le voir. Mais on est d'accord, hein? Tu ne changeras pas d'idée?

Changer d'idée et ne pas aller au bal avec Mathieu Milette?

— Non, ça n'arrivera pas.

— Tu me diras de quelle couleur est ta robe, d'accord? À demain.

Lorsqu'elle raccroche, Miriam sait qu'elle devrait descendre, courir, voler pour aller apprendre la bonne nouvelle à sa mère. Adrienne serait enchantée.

Mais ses jambes refusent de bouger. Parce que Mathieu lui a aussi appris une mauvaise nouvelle. Et elle ne sait pas comment éviter d'en parler à sa mère. Adrienne soupçonnera quelque chose. Elle voudra savoir pourquoi sa fille ne saute pas de joie.

Et Miriam n'a pas envie de lui dire que c'est à cause de l'image de Stéphanie, suspendue à la plateforme du phare par une main que quelqu'un piétine pour la faire tomber sur les rochers.

Chapitre 10

Ça va. Personne n'a de soupçons. J'ai imité les réactions des autres. J'avais l'air bouleversée. Comme si j'apprenais ce qui s'est passé en même temps qu'eux.

Je peux continuer à faire semblant. Il suffit de me concentrer. C'est difficile, parce que son cri résonne dans ma tête et qu'il ne reste plus de place pour autre chose, par exemple me souvenir que je dois réagir comme les autres, alors que je me sens si différente. J'essaie d'effacer son cri, mais il colle à mon cerveau. Ça me donne mal à la tête.

Je sais déjà que si je dois encore le faire, ce sera plus facile la prochaine fois. Je suis plus forte, plus rusée. Si ce fichu mal de tête peut disparaître, je pourrai faire tout ce que je veux.

Il y a un nouveau problème, pourtant : Miriam. Elle pose trop de questions. Elle me rend nerveuse. De quoi se mêle-t-elle ? Pourquoi est-ce qu'elle ne me fiche pas la paix ? Peut-être que c'était une erreur de laisser cette épinglette. Je pensais que c'était intelligent. Mais elle est intelligente, elle aussi, et la découverte de l'épinglette a déclenché quelque chose en elle, je l'ai bien vu.

Miriam pourrait vraiment me compliquer la vie, de plusieurs manières. Je l'ai vue parler à des gars au pique-nique, de beaux gars. Et ils avaient l'air de la remarquer pour la première fois. Ce n'est pas bon signe. Je ne me suis jamais attendue à ce qu'elle soit une rivale. Pas elle.

Est-ce que je devrais me débarrasser de Miriam ? Je ne peux pas me permettre de prendre des risques. Elle est dangereuse. Je ne serais même pas obligée de m'arranger pour que ça ait l'air d'un accident. Qui ferait le lien avec la mort de Stéphanie ? Elles se connaissaient à peine.

Aïe ! J'ai si mal à la tête ! Je ne peux même pas me souvenir pourquoi j'ai fait tomber Stéphanie.

Oh oui ! le bal !

Il faut que je dorme.

Je m'occuperai de Miriam demain.

Chapitre 11

La nouvelle que Stéphanie Marsan est morte dans des «circonstances suspectes» est révélée au public tôt le lendemain matin.

Les camarades de la victime auront congé le vendredi suivant afin de pouvoir assister aux funérailles. Un morne silence est tombé sur l'école. Les amis intimes de Stéphanie hantent les couloirs, le visage pâle et parfois humide de larmes. Béatrice, la meilleure amie de la morte, est restée chez elle; Michel aussi.

Certains élèves, bien sûr, ne sont pas aussi bouleversés.

Au dîner, Miriam s'attend à parler des événements de la veille. Mais elle et ses amies sont à peine assises dans la cafétéria inhabituellement silencieuse que Lara demande vivement:

— Alors, qui est-ce que Michel emmènera au bal, vous pensez?

— Qu'est-ce que tu dis? s'écrie Miriam.

— J'ai dit: qui Michel emmènera-t-il au bal?

répète Lara sans broncher. Il ne va pas manquer le bal, hein? Il sera peut-être même roi cette année, s'il emmène la bonne fille.

— J'en suis certaine. Il ferait un excellent roi, approuve Caroline. Qui sera reine? Pas que ça m'intéresse, je ne serai probablement pas là. Mais tout le monde disait que ce serait Stéphanie. Qui d'autre y sera?

— Béatrice n'a pas encore été reine, dit Jeannine. Et c'est ma préférée parmi les Pops.

— Oublions la reine, proteste Lara d'un ton irrité. C'est le roi qui devrait nous intéresser. Moi, je trouve que Michel Danis est plus beau que Lucas Nault. Et puis, Michel est libre, tandis que Lucas ne l'est pas. Michel m'a souri au pique-nique pendant la partie de baseball. Pendant que Stéphanie n'était pas là, bien sûr.

L'insensibilité de Lara a rendu Miriam muette. Mais elle retrouve la voix et dit lentement d'un ton acide:

— Lara, est-ce que Michel Danis t'a déjà, une fois dans sa vie, adressé la parole? A-t-il jamais donné le moindre indice qu'il est même conscient que tu existes sur cette planète?

Elle sait que c'est cruel, mais n'en ressent aucun remords. Comment Lara peut-elle être si indélicate? Quelle preuve d'insensibilité elle donne en convoitant ainsi un garçon dont la petite amie est morte il y a moins de vingt-quatre heures!

Assez insensible, semble-t-il, pour ne pas être blessée par les questions ironiques de Miriam. Elle ne rougit même pas en répondant :

— Seulement ce sourire, hier. Et c'est peut-être parce que j'avais attrapé la balle. Mais il y a toujours de l'espoir. Et je ne suis pas la seule à penser ça. Aucune des filles assises à cette table n'a été invitée à son propre bal. On sait que les filles les plus belles et les plus populaires ont déjà trouvé un garçon pour les accompagner, donc Michel n'aura pas un grand choix. Est-ce qu'il y a une fille à cette table qui n'espère pas qu'il la choisisse ?

— Moi, je ne l'espère pas, dit Miriam, les yeux rivés sur son sandwich.

Ce n'est pas le meilleur moment pour dire à ses amies qu'elle va au bal, mais elle ne veut pas qu'elles l'apprennent par d'autres, alors elle ajoute :

— Mathieu Milette m'a invitée hier soir.

Les trois visages autour d'elle deviennent inexpressifs, puis Caroline demande :

— Il t'a invitée à quoi ?

— Au bal.

— Le Mathieu Milette qu'on connaît ? demande Lara. Il t'a invitée, toi, à l'accompagner au bal ?

— On a déjà vu des choses plus bizarres, Lara, s'échauffe Miriam. Ne donne pas l'impression que la nouvelle est plus étonnante que si une terrienne avait accouché d'un extraterrestre.

— *Wow* ! s'exclame Jeannine. Je croyais que Mathieu allait au bal avec Lydia. Tout le monde le pensait. Alors, c'est pas étonnant qu'une invitation de Michel ne t'intéresse pas.

Caroline ne dit rien, mais ses yeux brillent.

Miriam sait que son amie a de la peine. Elles ont toujours passé la soirée du bal ensemble, célébrant une fête qu'elles appellent un «non-bal». En première secondaire, elles n'avaient pas espéré être invitées au bal. En deuxième secondaire, elles avaient entretenu le vague espoir qu'un beau garçon les remarque. Ça n'était pas arrivé. Elles avaient été plus optimistes en troisième secondaire, parce qu'alors elles connaissaient plus de garçons. Mais ceux-ci avaient invité d'autres filles.

L'annonce de Miriam signifie qu'au «non-bal», cette année, il n'y aura que Caroline, Lara et Jeannine.

— Ta mère doit être folle de joie, dit doucement Caroline. Est-ce qu'elle a vendu la robe bleue?

— Non, elle la gardait pour moi. Elle l'a rangée dans l'étuve.

Miriam n'ajoute pas que sa mère y garde aussi la robe turquoise pour Caroline. «Elle pourrait inviter Sylvain», se dit-elle pour tenter d'apaiser la peine qu'elle ressent pour son amie.

Pas une seule de ses amies n'a dit que c'était formidable qu'elle aille au bal.

— Je me demande pourquoi il n'y va pas avec Lydia, dit tranquillement Lara.

— Elle a invité un ami de son frère, réplique Miriam.

— Mathieu a dû être vraiment déçu, commente Caroline. Tout le monde croyait que Lydia irait avec lui.

Irritée par l'insinuation qu'elle n'est qu'un second choix, Miriam affirme :

— Il n'avait pas l'intention d'y aller parce qu'il n'en avait pas les moyens. Mais sa grand-mère lui a envoyé un chèque.

— Oublions Mathieu Milette, dit impatiemment Lara. On pensait toutes qu'il était déjà pris, de toute façon. C'est sur Michel qu'on doit se concentrer.

— Je n'en reviens pas qu'on parle du bal, dit Miriam. Vous ne trouvez pas ça terrifiant que la mort de Stéphanie ne soit pas un accident ? Qu'on lui ait fait lâcher prise à coups de pied ?

— En quoi est-ce que ça nous concerne ? demande Lara. Stéphanie était une Pop. Celui qui lui a fait ça ne sait probablement pas qu'on existe.

— Michel est dans ma classe de maths, dit Jeannine. Je l'ai aidé à résoudre quelques problèmes. Je me demande s'il s'en souvient.

— Ne perdez pas espoir, dit sarcastiquement Miriam en se levant. Peut-être que demain, pendant les funérailles, en plein milieu de la cérémonie, Michel s'avancera vers l'une d'entre vous et l'invitera au bal. Vous voudrez sans doute venir choisir une robe au Quatuor après l'école. Maman en a encore quelques-unes. Mais ne lui dites pas avec qui vous irez au bal. Elle pourrait être aussi dégoûtée que moi.

— C'est facile pour toi de dire ça, réplique Lara. Tu as une invitation. Et tu peux en remercier Lydia, si tu veux mon avis.

— Je ne veux pas ton avis.

— De toute façon, c'est pas comme si Michel avait toujours été fidèle à Stéphanie, dit tranquillement Caroline. Tout le monde sait qu'il la trompait. Alors il n'est peut-être pas aussi bouleversé que tu le crois.

Profondément révoltée par leur attitude, Miriam quitte ses amies.

Plus tard, alors qu'elle et Caroline travaillent toutes les deux au Quatuor, il y a un silence tendu entre elles. Pendant une pause, Miriam monte à l'étuve. Caroline l'y suit et l'observe un moment repasser une jupe, puis elle lui dit:

— Excuse-moi de m'être comportée en crétine, ce midi. Je suis contente que Mathieu t'ait invitée au bal. Du moins, je le serais vraiment si je n'avais pas peur qu'il t'arrive quelque chose. Peut-être qu'il serait plus prudent que tu passes la soirée avec nous.

— Il ne m'arrivera rien. Et puis j'aurais peut-être agi de la même façon que toi si tu avais été invitée et pas moi.

— Non, tu n'aurais pas réagi comme moi, dit Caroline avant de redescendre.

Quelques instants plus tard, c'est au tour d'Adrienne de monter voir Miriam.

— Mimi, as-tu vu la robe rouge de Stéphanie?

Je voudrais en faire don à la troupe de théâtre de l'école. Mais je ne la trouve pas.

Miriam aide sa mère à chercher la robe. En vain.

Caroline est persuadée que la robe disparue est une preuve supplémentaire qu'il y a un lien entre le bal et les divers événements inquiétants des derniers jours.

Vendredi, sous la pluie, la pelouse du cimetière est toute spongieuse.

Après la cérémonie, alors qu'elle se trouve parmi les gens qui défilent devant les membres de la famille Marsan pour leur offrir leurs sympathies, Miriam est soudain assaillie par l'image de Stéphanie suspendue dans le vide, terrifiée, sachant qu'elle va mourir. Saisie d'un malaise, elle va s'asseoir sur un banc en attendant que ça passe. Mais, apercevant Michel entouré d'un groupe de filles en larmes, elle se sent encore plus mal. Parmi le groupe, elle reconnaît Jeannine, Lara et Caroline. Leur sympathie est-elle sincère ? Aucune d'elles n'a connu Stéphanie. Lydia paraît hébétée par la peine ; Kiki et Béatrice, terrassées par le chagrin.

« Au moins, ces trois-là étaient les meilleures amies de Stéphanie, pense Miriam. Je ne peux pas en dire autant de mes amies. Leur attitude est dégoûtante. »

— Tout va bien au Quatuor ? demande une voix derrière elle.

Elle se retourne vivement. Les cheveux mouillés de Mathieu bouclent sur ses oreilles.

— Oh!... Oui! Pourquoi?

— Je ne veux pas t'inquiéter, mais les policiers croient qu'il y a un lien entre ce qui est arrivé à la boutique et la mort de Stéphanie.

— Ce n'est pas avec le Quatuor qu'il y a un lien, mais avec le bal. Ce sont des robes de bal qui ont été abîmées et Stéphanie allait être élue reine du bal...

— Le bal? Ouais! Peut-être qu'un élève est fou de rage parce qu'il n'y va pas.

— Assez fou pour tuer? À cause d'un bal?

— Ça paraît idiot, je sais. Mais écraser les doigts de Stéphanie était un acte de folie. Des élèves vont dire: «Je suis prêt à tuer pour aller au bal!» sans le penser vraiment. Mais un esprit dérangé peut croire qu'un crime est nécessaire pour atteindre son but. Et même que c'est bien. Oh! je ne devrais pas te parler de ça! Je ne veux pas t'effrayer davantage.

Miriam sait qu'il s'attend à ce qu'elle dise qu'elle n'est pas effrayée. Mais ce serait un mensonge.

Chapitre 12

La foule commence à se disperser.

— Je te ramène chez toi ? propose Mathieu.

— Je ne rentre pas chez moi. Caroline doit m'emmener au Quatuor.

— Je peux t'y conduire, si ça ne dérange pas Caroline. Et si tu le veux.

Si elle le veut ? Est-ce qu'elle veut la paix dans le monde ? La fin de la famine ? Est-ce qu'elle veut que le meurtrier de Stéphanie soit emprisonné ?

— Ça me ferait plaisir. Merci. Laisse-moi aller prévenir Caroline.

Elle ne veut pas que Mathieu voie la réaction de Caroline. Ce ne sera pas joli. Mais, à son grand étonnement, Caroline répond :

— Pas de problème. De toute façon, on ne rentre pas chez nous.

Elle fait un geste en direction de Lara et de Jeannine qui suivent Michel, lui-même entouré de ses amis. Le regard vide, le visage inexpressif, Lydia a encore l'air d'être sous le choc. Kiki et

Béatrice ont cessé de pleurer, mais leur énergie habituelle leur fait défaut.

— On va tous chez Stéphanie pour présenter nos sympathies à sa famille.

— Tous ?

— Oui, Jeannine, Lara et moi, et tous les autres amis de Michel.

— Les « autres » amis de Michel ? Bonne chasse !

Miriam n'a pas pu s'empêcher de prendre un ton sarcastique. Elle va rejoindre Mathieu.

— Tu ne dois pas aller chez Stéphanie ? lui demande-t-elle.

— La maison va être pleine, répond-il en lui prenant la main, tandis qu'ils sortent du cimetière. Stéphanie sait... savait que je déteste la foule. Elle ne se serait pas attendue à me voir là.

Elle ne se serait pas attendue non plus à y voir Caroline, Lara et Jeannine.

Ses amies sont-elles vraiment aussi désespérées d'aller au bal ?

L'une d'elles portait-elle des chaussures noires au pique-nique ?

Cette pensée a surgi si brutalement dans sa tête que Miriam en perd le souffle. Qu'est-ce qui lui prend ? Jeannine n'a peut-être pas l'esprit le plus vif et Lara est autoritaire, mais Miriam ne les a jamais vues commettre volontairement un geste cruel. Quant à Caroline, elle n'est même pas capable de chasser les chats errants de la ruelle lorsque Adrienne le lui demande.

Et puis, il ne s'agit pas d'un film d'horreur dans lequel une fille, prête à tout pour se trouver un partenaire, découpe à la hache tous ceux qui se mettent en travers de son chemin. Elle est dans la vraie vie. Stéphanie est vraiment morte.

Et Miriam est vraiment assise dans le camion de Mathieu.

Avant de démarrer, il lui demande :

— Si tu crois qu'il y a un lien entre la mort de Stéphanie et le bal, est-ce que ça veut dire que tu n'as plus envie d'y aller ? Kiki m'a appris qu'il aura lieu.

— Je n'ai pas changé d'idée. Et ma robe est bleue. Et ne loue pas une limousine. C'est trop prétentieux. Allons-y dans ton camion.

— Tu veux arriver à ton bal en camion ? J'ai enfin ce que j'ai attendu toute ma vie : une fille peu exigeante.

Il sourit, mais Miriam s'inquiète. Lydia aurait exigé d'aller au bal en limousine. Et c'est le genre de fille auquel Mathieu est habitué. « Ça se voit que je n'ai pas l'expérience des bals », se dit-elle.

— Les policiers vont interroger Michel, lui apprend Mathieu. Ils soupçonnent toujours la personne la plus proche de la victime : un mari, un amoureux, un frère… Et puis Michel a avoué qu'ils s'étaient disputés le jour du pique-nique.

— Stéphanie et lui se disputaient souvent. Mais ils se réconciliaient toujours. Et Michel aimait Stéphanie !

Miriam se souvient alors du commentaire de Caroline à propos de l'infidélité de Michel. Est-ce vrai ? Avec qui trompait-il sa petite amie ? Les policiers devraient interroger cette fille pour savoir si elle espère que Michel l'emmènera au bal, maintenant que Stéphanie n'est plus dans son chemin. Elle a un mobile.

Lorsqu'il se gare devant le Quatuor, Mathieu dit:

— Je veux que tu saches que tu es la seule fille que j'ai invitée au bal. Tu as le droit de savoir ça.

Miriam se réjouit: il a lu dans ses pensées.

— Merci de me le dire. Toi, tu es le seul gars à qui j'ai dit oui.

Il sait probablement qu'il est le seul à l'avoir invitée, mais il est assez gentil pour ne pas le souligner.

Avant qu'elle descende du camion, il l'embrasse. Puis il lui dit:

— C'est la réunion du comité de décoration, demain. On se verra là.

— Mais tu ne fais pas partie du comité.

— Maintenant, oui.

Miriam entre au Quatuor, un grand sourire aux lèvres.

Elle est très occupée jusqu'à vingt et une heures, l'heure de fermeture de la boutique. Adrienne est allée à son rendez-vous avec Samuel Houle, l'avocat qu'elle fréquente. C'est la première fois que Miriam n'est pas rassurée de rentrer seule dans la maison vide.

Aussi, lorsque Mathieu l'appelle et lui offre de la ramener à la maison, elle accepte joyeusement, bien qu'il ne puisse venir la prendre qu'à vingt-deux heures.

Tandis qu'elle l'attend, elle reçoit un appel de Sylvain.

— Tu as fait pleurer Caroline, lui dit-il d'un ton furieux. Elle m'a dit que c'est parce que tu vas au bal, et pas elle. Je ne peux pas croire que tu y ailles avec Milette. Il fait partie de ceux dont on se moque, toi, Caroline et moi. C'est comme si tu passais de l'autre côté.

— C'est ridicule! Mathieu est gentil. De toute façon, c'est pas de tes affaires. Je suis désolée pour Caroline, mais elle pourrait aller au bal si elle le voulait.

Cette conversation la laisse mal à l'aise. Sylvain a-t-il raison? Toutes ces blagues qu'elle a faites à propos des Pops, y croyait-elle? Est-elle une hypocrite?

Lorsqu'elle ouvre la porte arrière pour balayer le seuil, un maigre chat de ruelle la regarde avec espoir.

— Oh! d'accord! dit-elle. J'allais boire un verre de lait avec mon sandwich. Je veux bien t'en donner quelques gouttes.

Le contenant de lait dans le frigo est presque vide. Elle opte plutôt pour un soda et verse ce qui reste de lait dans une assiette qu'elle va déposer devant le chat.

Lorsqu'elle a fini de manger, elle met les déchets de son repas et le contenant de lait vide dans un sac de plastique qu'elle emporte pour le jeter dans la poubelle de la cour. Elle éteint tout et sort de la boutique, ayant décidé d'attendre Mathieu à l'avant du Quatuor.

Alors qu'elle fait un premier pas dehors, elle manque de trébucher. Elle se penche pour voir si elle a buté contre l'assiette de lait. C'est le chat! Il est étendu tout raide, la face tordue par une grimace d'agonie, les yeux protubérants.

Chapitre 13

La ruelle est sombre et tranquille. On n'y entend que la musique assourdie et le bruit de conversations provenant du *Namur*.

Le chat est mort. Miriam ne peut pas le laisser là. Sa mère n'apprécie pas la présence des chats de ruelle près de sa boutique, mais elle aime les animaux. Elle aurait de la peine si elle trouvait le cadavre en arrivant pour ouvrir la boutique, demain matin.

Miriam déteste l'idée de jeter le chat dans la poubelle de la cour, mais elle ne voit pas d'autre solution. Une pensée lui gratouille le cerveau, comme le chat grattait à la porte tout à l'heure. S'il est mort de vieillesse, pourquoi grimace-t-il si horriblement?

Elle met le chat dans le sac-poubelle, et l'assiette de lait aussi. Puis elle se dépêche d'aller jeter le tout dans la grosse poubelle. L'énorme couvercle métallique est ouvert.

Miriam soulève le sac pour le passer par-dessus le rebord.

Il y a du bruit derrière elle, mais Miriam n'a pas le temps de se retourner. Des mains glacées lui saisissent les jambes et la soulèvent...

Miriam pousse un cri. Elle essaie de se retenir à l'avant de la poubelle, mais les mains qui serrent ses jambes comme un étau la lèvent encore plus haut. Elle doit lâcher prise. Ce faisant, elle érafle la paume de ses mains sur le métal rouillé.

Le cœur de Miriam bat très fort contre ses côtes. Au dernier instant, elle a la présence d'esprit de faire tomber une de ses chaussures pour laisser un indice. Elle ne peut qu'espérer que son agresseur n'a rien vu.

Celui-ci lui donne une dernière poussée puissante qui la projette à l'intérieur de la poubelle.

Elle atterrit sur un tas de sacs de plastique et s'enfonce légèrement dans leur masse puante. Étourdie, les mains ensanglantées, elle reste étendue un moment.

Avant qu'elle puisse se relever, le couvercle de la poubelle se rabat avec un grincement horrible.

— Non! hurle-t-elle dans la noirceur fétide.

Chapitre 14

Miriam n'a jamais été dans une telle noirceur. Seule, une faible lueur passe par un trou dans un coin de la poubelle à moitié pleine.

Une forme poilue court sur les sacs et frôle le bras de Miriam en passant. Celle-ci s'écarte vivement. La forme poilue sort par le trou et disparaît.

« Ce n'est pas un rat ! » se dit nerveusement Miriam.

Elle entend qu'on referme le loquet du lourd couvercle, qu'elle serait incapable de soulever, de toute façon.

Paniquée, elle rampe sur les sacs jusqu'à un côté de la poubelle qu'elle se met à frapper de ses poings et, lorsque ceux-ci sont endoloris et sanglants, elle tape avec ses pieds en hurlant à pleins poumons.

— Je veux sortir d'ici ! crie-t-elle d'une voix rauque.

Des larmes de colère et de peur roulent sur ses joues.

Miriam est certaine que si elle n'est pas délivrée bientôt, elle va devenir folle.

Un bruit lui fait tourner la tête vers le trou à l'arrière de la poubelle.

Il y a un éclair de lumière, puis quelque chose est poussé dans le trou. C'est un long cylindre éclairé de jaune et de rouge. Un rouleau de papier journal en feu !

Son ravisseur met le feu à sa prison ! Elle va mourir suffoquée.

Glissant et dérapant sur les sacs, Miriam se précipite pour repousser le rouleau à l'extérieur. Trop tard ! Des feuilles de papier, qu'on a négligemment jetées à la poubelle plutôt que de les recycler, prennent feu et flambent rapidement. Miriam porte une jupe parce que c'était jour de funérailles. Ses jambes n'ont que des collants pour toute protection.

Elle recule et fait basculer un sac sur le papier enflammé.

— Miriam ! appelle au loin la voix de Mathieu.

Au lieu d'éteindre le feu, le sac l'attise. De longues flammes s'élèvent et l'une d'elles atteint une mèche de cheveux de Miriam. Celle-ci étouffe la flamme et fait un bond en arrière. Le sommet de son crâne frappe violemment le couvercle métallique avec un craquement sec, et elle tombe à genoux. La douleur est insupportable. Son genou gauche atterrit sur un morceau de métal aiguisé comme un rasoir. Elle sent sa chair se fendre et le sang jaillir.

— Miriam ? Tu es là ?

Mathieu doit être devant la porte du Quatuor, étonné de ne pas y avoir trouvé Miriam.

— Je suis ici ! crie Miriam.

Elle sait qu'il est trop loin pour entendre sa voix étouffée.

Elle se met à tousser. Son corps s'effondre sur les sacs puants et ses yeux remplis de larmes se ferment.

« Dommage ! pense-t-elle. Je devais bientôt aller au bal. C'est peut-être pour ça que je suis ici. »

C'est sa dernière pensée avant de sombrer dans l'inconscience.

Chapitre 15

Une poubelle ? J'aurais dû trouver quelque chose de moins grossier.

Je voulais le faire. Mais c'est si difficile de penser ces jours-ci ; Stéphanie crie tout le temps dans ma tête.

Et puis j'ai eu une mauvaise journée. Tout à coup, il ne me restait plus de temps. Alors je n'avais pas le choix.

D'abord, j'ai appris que Michel n'avait pas l'intention d'aller au bal. « Par respect pour Stéphanie », a dit sa famille. Respect, mon œil ! Par remords, oui. Il n'a jamais parlé de nous à Stéphanie et il ne sait pas que je l'ai mise au courant avant qu'elle meure. Alors pourquoi ne m'emmène-t-il pas au bal, comme il l'avait promis ?

J'ai été stupide. Michel n'a jamais eu l'intention de m'inviter. J'aurais pu demander à un autre, et rien de tout ceci ne serait arrivé.

Comprendre ça était déjà assez dur. Mais alors

que je mettais mes espoirs dans Mathieu, j'ai dû encaisser un coup encore plus terrible.

Mathieu a invité Miriam!

Miriam?

Je lui ai fait ma demande aux funérailles. Parce qu'il n'y avait plus de temps à perdre. Il m'a regardée comme si je lui demandais de se couper un bras et que j'avais mal choisi le moment. Puis il m'a dit être surpris que je n'aie personne et qu'il avait invité Miriam Dubé.

Les mots m'ont frappée comme des coups de marteau, parce que je ne m'y attendais pas du tout. Michel m'avait dit que Mathieu n'avait pas les moyens d'aller au bal. Un autre mensonge.

Alors ce n'était plus seulement parce qu'elle posait trop de questions que je devais m'occuper de Miriam; elle était vraiment dans mon chemin.

Elle doit être réduite en cendres à présent.

Demain, je demanderai de nouveau à Mathieu et il dira oui, puisque Miriam ne pourra pas l'accompagner.

Je n'ai pas laissé d'épinglette, cette fois. Ça ne me semblait pas approprié.

Je suis désolée pour Adrienne. Elle aura de la peine. Et elle est gentille.

Mais sa fille s'est mise sur mon chemin.

Il vaudrait mieux que Mathieu ne réagisse pas comme Michel et refuse d'aller au bal «par respect» pour Miriam. Sinon, je devrai trouver quelqu'un d'autre. Je sais qui.

*Mais je n'aurai pas à repartir en chasse.
J'aurai Mathieu.*

Chapitre 16

Du blanc. Du blanc partout. « De la neige »,
murmure Miriam en souriant.

Mais son sourire s'efface lorsqu'elle est tout à
fait réveillée. Une douleur féroce lui vrille le crâne
et le genou. Ses yeux sont gonflés et son corps tout
entier est raide.

Miriam ouvre les yeux. Sa mère est penchée
vers elle. Mathieu, Jeannine, Caroline et Lara sont
aussi là. Ils ont tous l'air inquiets.

Puis Miriam se souvient pourquoi elle est dans
un lit d'hôpital.

Il y a deux autres personnes dans la chambre :
Éloi, en uniforme de policier, et un médecin.

— Tu as eu de la chance. Si ce jeune homme ne
t'avait pas trouvée, dit le médecin en pointant
Mathieu du doigt, tu ne serais pas avec nous maintenant.

Adrienne serre la main de sa fille et lui demande :
— Mimi, qu'est-ce qu'il t'est arrivé ?
Mais Miriam s'est rendormie.

Lorsqu'elle se réveille, un cri de terreur lui monte à la gorge au souvenir de la nuit précédente. Elle le retient pour ne pas terrifier sa mère, assise à côté du lit, ni Mathieu, debout devant la fenêtre. Elle va reprendre des forces. Puis elle réfléchira à ce qui s'est passé et essaiera de comprendre.

— Où est le bras de la justice ? demande-t-elle.

Sa mère rit. Mathieu se retourne en souriant et s'approche du lit.

— Éloi est à la cafétéria avec tes amies. Ça va ? demande-t-il.

— Je suppose. Mais j'ai faim.

Adrienne sort chercher à manger pour sa fille.

Mathieu s'assoit au pied du lit.

— Merci de m'avoir sauvée, lui dit-elle.

Il se lève et vient l'embrasser. Puis il dit :

— Merci d'avoir tenu le coup. Et de ne pas m'avoir laissé sans partenaire pour le bal.

Le bal. Miriam se souvient de sa dernière pensée avant de perdre connaissance dans la poubelle.

— As-tu vu quelqu'un dans la ruelle ? demande-t-elle.

— Non. J'ai dû courir chercher de l'aide au restaurant. Je ne parvenais pas à ouvrir le couvercle.

Adrienne rentre avec un plateau et dit :

— Désolée, c'est de la nourriture d'hôpital.

Miriam prend quelques bouchées, puis demande à Mathieu :

— Tu savais que j'étais dans la poubelle ou tu essayais seulement d'éteindre le feu ?

— J'ai vu ta chaussure. J'ai failli perdre la raison à ce moment-là.

— C'est la seule chose qui m'est passée par la tête.

— Tu as enlevé ta chaussure exprès? s'étonne Mathieu. Je pensais qu'elle était tombée. Votre fille est brillante, Adrienne.

— Oui, je sais.

— Pas si brillante, proteste Miriam, sinon je ne me serais pas retrouvée dans une poubelle.

— Laisse-moi aller chercher mon frère, dit Mathieu. Ta voix est fatiguée. Tu n'auras pas à raconter ton histoire deux fois.

Ses amies rentrent à la suite de Mathieu et de son frère. Miriam leur raconte ce qui lui est arrivé. Éloi pose quelques questions au sujet du chat et de l'assiette de lait. Miriam lui demande s'il n'a rien trouvé d'autre qu'une chaussure près de la poubelle. Elle pense à l'épinglette découverte dans le phare et s'attend à ce qu'une autre ait été déposée, créant un lien entre les deux agressions. Mais ce n'est pas le cas. Pourtant, il ne peut pas y avoir deux criminels dans les environs. Éloi l'assure qu'une enquête approfondie sera menée, puis il s'en va.

Mathieu le suit.

— Il va demander à son frère quand ils espèrent capturer celui qui m'a fait ça, dit Miriam avec un faible sourire.

Aussi longtemps que son agresseur sera en liberté, elle ne se sentira pas en sécurité.

— J'aimerais le savoir, moi aussi, dit anxieusement Adrienne.

— Miriam, je ne peux pas croire que tu as subi tout ça! dit Lara. Ça a dû être terrible.

— Moi, je ne peux pas croire qu'un tueur rôde en ville! s'exclame Jeannine.

— Les filles, arrêtez! Vous angoissez Miriam, dit Adrienne. Peut-on parler d'autre chose, s'il vous plaît?

— Qui s'occupe du Quatuor, maman? demande Miriam.

— J'ai fermé la boutique. Tout le monde est déjà au courant de ce qui t'est arrivé. Alors personne ne s'attend à ce que le Quatuor soit ouvert.

— Tes partenaires vont être mécontentes. Une boutique fermée, ça ne rapporte rien.

— Tu crois qu'elles vont mourir de faim? demande Adrienne en souriant. Si ça les dérange, elles peuvent s'installer à la caisse. Elles verront ce que c'est que de gagner sa vie. Avant de rouvrir, je vais faire installer un système de sécurité ou embaucher un gardien de nuit. Je ne serai plus jamais tranquille quand tu travailleras seule à la boutique.

Le médecin revient examiner Miriam et fait sortir ses amies de la chambre.

— Est-ce que je pourrai danser dans deux semaines? lui demande Miriam.

— Tout à fait. Les points de suture te seront enlevés la semaine prochaine.

Lorsque le médecin s'en va, ses amies rentrent dans la chambre. Miriam est heureuse de leur annoncer qu'elle peut aller au bal. Alors Caroline s'écrie :

— Si tu veux risquer de rester paralysée pour le reste de tes jours à cause d'un stupide bal, c'est tes affaires. Mais je te pensais plus intelligente que ça.

Elle quitte la pièce en coup de vent, mais Miriam a vu les larmes dans ses yeux.

— Qu'est-ce que vous avez fait hier soir ? demande celle-ci aux deux autres d'un ton faussement joyeux.

— Lara et moi, on a étudié ensemble, dit Jeannine. Mais elle n'est pas restée longtemps.

— J'étais fatiguée, explique Lara. Ces horribles funérailles et puis cette heure abominable qu'on a passée chez Stéphanie. Tout le monde pleurait. J'étais contente de sortir de là. Pauvre Michel. Il n'ira même pas au bal. Il va passer des examens anticipés, puis il ira chez son oncle pour tout l'été. Je crois qu'il se sent coupable d'avoir trompé Stéphanie. Il a beaucoup de peine qu'elle soit morte. Ses amies aussi. Hier, Béatrice n'a parlé qu'à Michel. Lydia avait l'air d'être encore sous le choc. Kiki n'a pas cessé de pleurer.

— J'ai remarqué que tu faisais ton possible pour réconforter Michel, dit sèchement Jeannine.

— Pas toi ? réplique Lara. Si tu n'espères pas

qu'il change d'idée et reste pour le bal, je suis prête à manger mon épinglette du Quatuor.

— Tu ne peux pas, tu l'as perdue.

— Toi aussi, tu as perdu la tienne.

— Tout le monde la perd ; l'attache n'est pas assez solide, constate Miriam. Est-ce que la police a découvert qui a poussé Stéphanie du haut du phare ?

— On n'a rien appris à ce sujet, répond Lara. Écoute, on doit aller à la réunion du comité de décoration. Il y en a d'autres demain et mercredi. On te tiendra au courant.

— Je serai peut-être capable d'assister à la réunion de mercredi. Je guéris vite, dit Miriam. Allez trouver Caroline et remontez-lui le moral, d'accord ?

Elles s'en vont.

Miriam sait que des cauchemars viendront dès qu'elle fermera les yeux. Même par une belle journée ensoleillée, elle continue à sentir les doigts glacés sur ses jambes.

Elle revivra pendant plusieurs nuits la terrible expérience de la veille.

Chapitre 17

Le soir, la chambre de Miriam est pleine de visiteurs. Elle apprécie la compagnie. Ça éloigne d'elle les démons de la peur.

Caroline est revenue avec Lara et Jeannine. Elle s'excuse de s'être fâchée. Miriam sait que son amie veut qu'elle lui dise : « Je n'irai pas au bal si tu n'y vas pas. » Mais elle ne le dira pas. Caroline pourrait y aller aussi et alors la soirée serait différente pour elles deux.

La conversation tourne autour des renseignements que la police a donnés à propos des traces de cirage noir découvertes sur les jointures de Stéphanie.

— Kiki Pappas porte parfois des chaussures de cuir noir et on peut être certaines que celles-ci sont toujours parfaitement cirées, dit Lara.

— C'est impossible ! dit Jeannine. Stéphanie était une de ses meilleures amies. Pourquoi Kiki l'aurait-elle tuée ?

« Les policiers cherchent toujours le coupable

parmi les proches de la victime, se dit Miriam. Et, à notre âge, qui est plus proche qu'une amie intime?»

Ses amies ont à peine quitté sa chambre que Miriam reçoit une visite inattendue.

— On peut entrer?

Au seuil de la chambre, il y a Lydia tenant un panier de fleurs; Kiki, une boîte de chocolats et Béatrice, un magazine. C'est étrange de ne pas voir Stéphanie au milieu d'elles. Elles étaient un quartet, elles ne sont plus qu'un trio.

— Oui! Entrez, dit Miriam.

Lydia dépose les fleurs sur la table de nuit, puis s'assoit sur la chaise que Caroline vient de quitter et dit:

— On s'inquiétait de toi. On ne voulait pas que ce pauvre Mathieu soit tout seul le soir du bal. Mais il nous a promis que tu serais rétablie à temps.

Elle a parlé à Mathieu? Miriam sent une pointe de jalousie, puis se souvient que Lydia et lui sont amis.

— On avait peur qu'il te soit arrivé la même chose qu'à Stéphanie. On a été soulagées quand Mathieu nous a dit que tu t'en sortirais, dit Béatrice.

Elle tend le magazine à Miriam en disant:

— Je l'ai lu. J'espère que ça ne te dérange pas.

— Non, pas du tout, réplique Miriam. Je rentrerai chez moi demain. Je pourrai assister à la réunion du comité de décoration.

— Oh! Miriam! Tu devrais te reposer, dit Lydia. On s'occupera de Mathieu. Dire qu'il n'avait pas voulu faire partie du comité quand on le lui avait proposé. Je suppose que tu as plus d'influence sur lui que nous.

Ne sachant pas quoi répliquer, Miriam feuillette le magazine. Entre deux pages, il y a un dessin dans lequel elle reconnaît tout de suite un autoportrait de Béatrice. Celle-ci s'est dessinée portant une couronne de reine.

Miriam jette un coup d'œil à Béatrice dont le visage est écarlate. Lydia et Kiki, en grande conversation, n'ont rien vu.

«Pitié, ne leur montre pas le dessin!» supplie le regard de Béatrice.

Miriam tourne vite la page.

Béatrice veut être la reine du bal?

Les trois Pops s'en vont, mais Béatrice revient deux minutes plus tard et bredouille:

— Le dessin... Je veux t'expliquer... Tu dois croire que je suis folle. C'est que... Mes amies ne le savent pas, mais je voudrais vraiment être reine. Lucas est plus populaire que moi; il devrait être roi. Je rêvassais et j'ai dessiné ça. Est-ce que tu peux me rendre mon dessin?

Miriam le lui tend en disant:

— Je ne dirai rien. Et bonne chance! Je pense que tu ferais une excellente reine.

— Merci, Miriam.

Sur ce, Béatrice quitte la chambre en coup de vent.

Pendant la visite des Pops, Miriam a discrètement examiné leurs chaussures. Celles de Kiki étaient en cuir noir. Pourtant, Miriam refuse de croire que Kiki soit la coupable. Comme Stéphanie, celle-ci ne porterait jamais une épinglette du Quatuor.

Mathieu vient la voir plus tard et elle lui demande alors :

— Tu as appris quelque chose ?

— C'est la seule raison pour laquelle tu t'intéresses à moi ? demande-t-il moqueusement.

— Oui, c'est la seule. Tu es si laid et ennuyant.

— Menteuse, dit-il en souriant.

Et il se penche pour l'embrasser.

Miriam quitte l'hôpital le lendemain.

Sa mère lui fait la scène à laquelle elle s'attendait lorsqu'elle lui dit vouloir assister à la réunion du comité de décoration l'après-midi même.

— Je ne peux pas croire que cette réunion n'a pas été annulée ! s'écrie Adrienne. Tu n'es pas en sécurité, ni aucune de tes camarades. Je ne te laisserai pas errer sans protection. Pas tant que la police n'aura pas fourni quelques réponses.

— Je ne vais pas errer. Je serai au gymnase de l'école. Il y aura plein de monde. Mathieu va venir me chercher et me reconduira. Je serai en sécurité.

Elle croit vraiment ce qu'elle dit, sinon elle ne quitterait jamais sa maison.

— Mimi, j'ai failli te perdre, vendredi soir, dit sa mère. Tu es ma seule famille. Je ne pourrais…

— Maman, je te promets que je ne ferai pas un pas toute seule. Je veux vraiment assister à la réunion. Surtout maintenant que je vais au bal. Tu espérais que j'y aille, souviens-toi.

— C'était avant…

— Je serai à l'école. Rien de mal n'est arrivé à l'école. Je suis d'accord avec toi que rester seule à la boutique, c'est stupide. Et je ne m'approcherai plus jamais du phare. Mais je dois aller à l'école tous les jours. Alors pourquoi est-ce que je ne pourrais pas y aller aujourd'hui ? Je te promets de ne pas bouger de ce divan jusqu'à ce que ce soit l'heure de partir.

— D'accord. Je ne veux pas gâcher ton plaisir. Mais je n'ai jamais eu si peur de toute ma vie que lorsque Mathieu est arrivé en trombe au *Namur* et s'est mis à crier que la poubelle était en feu et que tu étais enfermée à l'intérieur. Il a eu besoin d'aide pour ouvrir le couvercle. Je n'oublierai pas cette scène aussi longtemps que je vivrai.

— Je suis désolée que tu aies vécu ça. Écoute, je t'appellerai toutes les cinq minutes pendant la réunion, O.K. ?

— Tu n'as pas besoin de faire ça, dit sa mère en riant faiblement. Mais… tu pourrais m'appeler une fois pour me dire que tout va bien. Est-ce qu'il y aura un enseignant avec vous ?

— Je suis certaine que madame Tousignant sera là. Elle a assisté aux trois premières réunions.

— Je sais que je ne peux pas t'enfermer dans la

maison, même si c'est ce que mon instinct maternel me pousse à faire. Rentre aussitôt la réunion finie, d'accord ?

— Promis. Je serai ici à dix-sept heures.

Alors qu'elle monte dans le camion de Mathieu, Miriam espère qu'elle ne fait pas une terrible erreur en quittant la maison où elle est en sécurité.

Chapitre 18

Elle n'est pas morte! Quelle chance pourrie elle a eue!

Je ne comprends pas comment Mathieu a deviné qu'elle était dans la poubelle.

Elle était là, trônant sur son lit d'hôpital comme une reine. Elle ne pourrait pas être reine, hein? Elle n'aurait pas une seule chance si elle n'accompagnait pas Mathieu. Il est tellement populaire. Peut-être qu'ils vont commencer à aimer Miriam juste parce qu'elle est avec lui. Ça me tuerait.

J'aurais dû mieux préparer sa disparition.

Toutefois, ils ignorent tout de l'autre partie de mon plan. La preuve doit avoir été réduite en cendres à présent. Sinon, j'y verrai plus tard.

Pour le moment, je dois décider ce que je fais. Je n'abandonne pas mon projet, mais tout le monde va surveiller Miriam. Je ne réussirai pas à m'approcher d'elle.

À moins que la petite distraction de demain ne

détourne l'attention, me laissant le champ libre pour me débarrasser de Miriam.

Ce serait drôle.

Mais j'ai trop mal à la tête pour rire.

Chapitre 19

Lorsqu'ils arrivent au gymnase, Miriam et Mathieu se séparent. Il va avec Lucas et David emprunter un escabeau au concierge. Les Pops sont installées à une longue table étroite. Lorsque Miriam passe devant celle-ci, Béatrice lui lance un coup d'œil nerveux et elle lui répond par un léger signe de tête. Miriam rejoint ses amies occupées à sortir de leur boîte de minuscules albums-souvenirs en porcelaine.

Caroline la regarde à peine. Est-ce que Sylvain lui a parlé de son coup de téléphone? C'est peut-être ce qui l'embarrasse.

— Qui remplace Stéphanie à la présidence? demande Miriam.

— Kiki, répond Caroline. Ce sont les Pops qui l'ont choisie, bien sûr. Elle contrôle tout et se plaint de tout. Franchement, je ne sais pas ce que David Goumas lui trouve. Elle discute encore du thème du bal. Elle dit que ça devrait être «Nuits tropicales», alors que tous les gens sains d'esprit savent que ce thème-là a déjà été choisi des centaines de fois.

« Fins heureuses » est beaucoup plus approprié puisque c'est la fin de notre secondaire, pas vrai ? Et puis elle dit…

Miriam n'écoute pas vraiment. Les garçons sont revenus avec l'escabeau. Lydia et Kiki leur donnent des ordres. Les yeux de Miriam sont posés sur Lydia, vraiment superbe en jeans et en chemisier blanc. Les garçons de l'école doivent avoir été consternés lorsqu'ils ont appris qu'elle irait au bal avec un collégien. Qui ne voudrait pas d'une fille aussi magnifique à son côté pendant une soirée si spéciale ?

« Adrienne aura beau te maquiller et te coiffer du mieux qu'elle peut, tu ne ressembleras jamais à Lydia Bugeaud. Jamais ! pense Miriam. Et puis après ? Non seulement tu y vas, mais tu y vas avec un gars vraiment gentil. Qui apparemment ne voulait pas de Lydia à son côté. C'est toi qu'il veut. Alors arrête de t'inquiéter de ton apparence, O.K. ? Tu seras très jolie. »

— …et là Kiki a dit qu'on n'avait pas acheté assez de bougies et je dois aller au centre commercial cet après-midi pour en acheter d'autres, mais elle ne m'a pas donné d'argent. Si elle pense que je vais acheter avec mon propre argent des bougies pour un bal auquel je n'assisterai probablement pas, elle peut oublier ça.

Hors d'haleine, Caroline s'arrête un moment, puis demande :

— Miriam ? Tu m'écoutes ? Es-tu encore fâchée contre nous parce qu'on est allées chez Stéphanie après les funérailles? Ça ne nous a rien donné, d'ailleurs. Qui aurait pensé que Michel Danis manquerait le bal?

Miriam ne dit pas ce qu'elle pense: «Michel Danis renonce probablement au bal parce qu'il éprouve du remords, et non de la tristesse. Est-ce que la fille avec laquelle il trompait Stéphanie ressent le même remords?»

— Excuse-moi, je pensais à la robe de Stéphanie, dit-elle. Qui a bien pu la prendre? Comment le voleur est-il entré dans la boutique? Qu'est-ce qu'il en a fait?

— Oh! ne parlons pas de ça maintenant! O.K.? demande Lara en déballant un autre minuscule album-souvenir. Ça me donne la chair de poule. Je ne comprends pas qu'Adrienne te laisse venir à la réunion. Après ce qui t'est arrivé, je croyais qu'elle t'enfermerait dans ta chambre jusqu'à ce que la police ait trouvé ce type. Ma propre mère a essayé de m'empêcher de quitter la maison. Elle a peur qu'il m'arrive la même chose qu'à Stéphanie.

— Tous les parents ont peur, dit Miriam. Ça n'a pas été facile de sortir. Mais maman est tellement contente que j'aille au bal qu'elle pensait que ce serait bien que je participe à la décoration. Alors, me voilà.

— Je dois aller acheter ces bougies, dit Caroline, mais d'abord il faut que Kiki me donne l'argent.

Miriam est déçue. Elle croyait qu'elles parleraient de son invitation au bal, au moins un peu. C'est excitant, et elle veut partager cette excitation avec ses amies. Mais elles évitent toutes le sujet.

« Eh bien, à quoi t'attendais-tu ? se demande-t-elle en suivant Caroline vers la table des Pops. C'est toi qui brises le quatuor qui s'apprêtait à célébrer un « non-bal » comme toujours. Si l'une d'elles avait une invitation et pas toi, te réjouirais-tu ? Non, sans doute pas. »

— Je n'ai pas l'argent sur moi, répond Kiki lorsque Caroline lui en demande. Il est dans un tiroir du bureau de madame Tousignant. Un tiroir fermé à clé. J'ai fait très attention à cet argent. Tousignant assiste à un mariage en banlieue. Mais j'ai une clé du tiroir.

— Tu n'as pas l'argent sur toi ? Ça va te prendre une éternité pour aller le chercher au bureau de madame Tousignant, au quatrième. C'est pas comme si tu prenais l'ascenseur. Il est déjà passé quinze heures. Je veux aller au centre commercial et en revenir cette année !

— Je ne vais pas jusqu'en Chine, Christine. C'est ton nom, n'est-ce pas ?

— Non, c'est Caroline, dit celle-ci, les joues en feu.

— Excuse-moi. Écoute, ça ne me prendra pas de temps, O.K. ?

Kiki se lève, glisse un crayon derrière son oreille et ajoute :

— Je vais passer une minute aux toilettes pour voir si je peux faire quelque chose avec ces cheveux.

Sa coiffure est parfaite. Elle hésite et, réfléchissant tout haut, elle dit encore :

— Je devrais peut-être emmener David avec moi. Je sais qu'il n'est rien arrivé à l'école, et peut-être que je m'inquiète inutilement, mais circuler toute seule dans ces couloirs ne me semble pas une idée géniale pour le moment.

Elle se dirige vers David qui est en train d'installer l'escabeau et lui glisse quelques mots à l'oreille. Le beau visage du garçon se renfrogne et il secoue la tête. Kiki discute brièvement, puis se détourne, visiblement déçue.

— Je suppose que je suis laissée à moi-même, dit Kiki en haussant les épaules. Christine, calme-toi, tu veux ? Je t'envoie au centre commercial, pas sur la lune. Cesse d'avoir l'air si préoccupée. Je vais me dépêcher. Promis.

Kiki quitte rapidement le gymnase, semblant avoir oublié ses craintes de circuler seule dans les couloirs déserts.

— Je m'appelle Caroline, pas Christine, dit Caroline dans son dos.

— Peu importe, dit Kiki en lui faisant négligemment au revoir de la main par-dessus une épaule.

Voyant que son amie est furieuse, Miriam s'approche d'elle et dit :

— Caroline, ça va lui prendre quelques minutes. Si on allait s'asseoir dehors en attendant. Il fait si beau et j'ai besoin d'air frais. Je ne peux supporter l'odeur de vieilles chaussettes de ce gymnase une seconde de plus.

— Non, merci. Je vais à mon casier. J'ai oublié mon livre de physique et je veux étudier ce soir. Pourquoi est-ce que tu ne demandes pas à Mathieu s'il veut t'accompagner? Je suis persuadée qu'il aimerait ça.

Caroline pose sur son amie un regard glacé.

«Oh! Caroline, ne sois pas comme ça!» pense Miriam.

Elle ne dit rien. En vérité, pour le moment, elle préfère s'asseoir dehors avec Mathieu. Il sera de meilleure compagnie que Caroline, étant donné l'humeur de celle-ci.

Ils profitent tous de la pause. Il y a de rapides visites aux casiers, aux toilettes, aux machines distributrices. Mathieu, Lucas, David et deux autres garçons du comité sortent jouer au ballon.

Miriam sort, elle aussi. Le soleil est chaud et l'air est frais. Elle a mal dormi la nuit précédente et son genou est douloureux. Elle s'assoit sur une des larges marches de pierre, s'adosse à un pilier, puis elle ferme les yeux et s'endort.

Elle est rappelée à la réalité par la voix de Jeannine provenant du gymnase:

— Hé! Où est tout le monde? On va y passer la nuit si on ne se remet pas au travail.

Miriam se lève, s'étire, puis appelle les joueurs, qui sont hors de vue.

Mais lorsqu'ils rentrent tous à l'intérieur, ils ne

trouvent que Jeannine assise à une table couverte de décorations.

Lucas jette un regard indigné à Miriam et lui demande sur un ton accusateur:

— Pourquoi est-ce que tu nous as fait rentrer? Il n'y a personne.

— Merci beaucoup! s'écrie Jeannine en lançant un sombre regard à Lucas.

— Tu sais ce que je veux dire, réplique celui-ci. Kiki n'est pas ici avec l'argent. Je retourne dehors. Appelez-moi quand elle sera là.

Mais avant que lui et les autres joueurs puissent sortir, Béatrice et Lydia, puis Lara, rentrent dans la salle. Caroline arrive quelques secondes plus tard, les bras chargés de livres.

— Allez, commençons! dit Jeannine, d'un ton impatient, en laissant tomber son corps maigre sur une chaise. Qu'est-ce qu'on fait ensuite? demande-t-elle à Béatrice.

— Ne me le demande pas. Je n'en sais rien. Il faut attendre que Kiki revienne. Elle donnera l'argent à Caroline, qui pourra aller acheter les bougies. Et pendant que Caroline ira au centre commercial, on fera ce que Kiki a sur sa liste. Mais d'abord, il faut qu'elle soit là. Attendons-la.

Ils s'assoient tous sur les chaises pliantes de métal beige autour de la longue table étroite du gymnase et attendent Kiki.

Mais Kiki ne revient pas.

Chapitre 20

Kiki Pappas marchait rapidement sur le plancher de bois qui, en cette fin de mai, ne sentait plus le vernis frais comme en septembre. Elle détestait cette odeur qui lui rappelait, chaque automne, qu'une nouvelle année d'école commençait. Dix longs mois de longues journées à lutter pour réussir.

Il faut tant de choses pour réussir. En premier, bien sûr, avoir un physique parfait. Ce n'est jamais suffisant, pourtant. En plus, il faut avoir de bons résultats scolaires et du talent. Et si tu possèdes tout ça, tu deviens populaire; ce qui est le but à atteindre, pas vrai?

Ça représente beaucoup de travail et il n'y a aucune raison de croire que ce sera plus facile lorsqu'elle sera au collège. Ce sera même sans doute plus dur. Il y aura encore plus de compétition qu'au secondaire.

Au moins, elle n'a pas à entrer en compétition pour se trouver un amoureux. C'est une pensée réconfortante. Elle a David. Il l'aime vraiment et ils iront au même collège. L'un des meilleurs, bien sûr. Lydia et Béatrice seront là aussi, parce que, des années auparavant, comme beaucoup d'amies intimes, elles ont fait un pacte : ne jamais se séparer. Stéphanie faisait partie de leur groupe. Sans elle, ce ne sera pas pareil au collège.

En tournant le coin du couloir, Kiki se disait qu'avant le collège, il y aura le bal. La plus belle nuit de l'année. Kiki aime les bals. Elle n'en a manqué aucun.

Et Mathieu a invité Miriam, cette fille qui a failli mourir brûlée dans une poubelle. Une horrible, une terrible chose, presque aussi épouvantable que la mort de Stéphanie. Un événement effrayant. Absolument effrayant.

Mais Mathieu avec Miriam Dubé ? Qu'est-ce que ça veut dire ? Il essaie de rendre Lydia jalouse ? Non, Lydia n'est pas jalouse. Pourquoi le serait-elle ? Elle sera accompagnée par un collégien. Selon Kiki, cela fait longtemps que Lydia ne peut plus se contenter de garçons de leur âge. Elle est trop raffinée et trop intelligente pour ceux-ci. En vérité, elle les terrifie sans doute. Au collège, Lydia sera comme un poisson dans l'eau. Elle appartient à ce milieu. Stéphanie y aurait été à sa place aussi…

Des larmes montèrent aux yeux de Kiki. Stéphanie et elle se disputaient souvent. Mais elles n'avaient jamais cessé d'être des amies. Perdre Stéphanie, c'était comme perdre un bras. Elle ne s'habituera jamais à son absence.

Kiki tourna un autre coin. Maintenant, elle était au quatrième étage, près du bureau de madame Tousignant. Remplacer Stéphanie en tant que présidente du comité était certainement un fleuron à sa couronne. Le bal avait beaucoup d'importance. Mais en toute honnêteté, elle aurait préféré que Stéphanie revienne. Personne ne le croirait, mais c'est vrai. C'est l'absolue vérité.

Kiki ouvrit la porte du bureau de madame Tousignant et entra. Elle savait exactement quel tiroir renfermait la boîte métallique contenant l'argent pour le bal. Elle déposa la boîte sur le bureau. Tandis qu'elle refermait le tiroir à clé, elle entendit un léger bruit derrière elle. Elle sourit en pensant que David l'avait suivie. Il avait dû se dire que c'était dangereux qu'elle circule seule dans l'école.

Mais son sourire fut de courte durée. Parce que, l'instant suivant, avant qu'elle n'ait le temps de se retourner en disant: «David?», quelqu'un l'agrippa par-derrière, saisit la boîte métallique par la poignée et l'abattit de toutes ses forces sur le visage de Kiki. Le coup fut si violent que la poignée se cassa et que la boîte tomba par terre.

Kiki fut soulevée du sol par la force de l'impact et plana jusqu'au mur qu'elle heurta avant de retomber lourdement. Le sang coulait de son nez cassé et d'une profonde coupure au-dessus de sa bouche.

Des mains saisirent la boîte, la soulevèrent, et

l'auraient abattue de nouveau sur le crâne de la fille effondrée si une rumeur de conversation n'avait interrompu leur geste.

— Ce sera bien suffisant, dit une voix au-dessus de Kiki. Tu ne pourras pas te montrer au bal avec cette face-là. Excuse-moi, Katherine, mais tu as quelque chose dont j'ai besoin : un partenaire pour le bal.

La boîte contenant l'argent pour le bal fut emportée hors de la pièce par la personne qui venait d'agresser Kiki.

Celle-ci resta étendue, sanglante et muette, sur le plancher de bois qui ne sentait plus le vernis.

Chapitre 21

— C'est ridicule! dit Lara d'une voix maussade. On perd beaucoup de temps. J'ai mieux à faire que de rester assise à attendre Kiki. J'irai avec toi, David, si tu veux aller voir ce qui lui prend tant de temps.

Elle sourit malicieusement au petit ami de Kiki. Miriam lève les yeux au ciel et dit:

— Peut-être qu'elle n'a pas réussi à ouvrir la porte ou le tiroir du bureau de madame Tousignant. Lara a raison. On devrait aller voir.

« Parce que, pense-t-elle avec un soudain frisson, la dernière fois que quelqu'un était absent… »

Et justement, Béatrice se lève en disant:

— Je n'aime pas ça. J'ai une drôle d'impression.

— Qu'est-ce que c'est? demande David.

— Je ne sais pas, dit Béatrice, le visage beaucoup plus pâle que d'habitude. C'est simplement une impression. Peut-on, s'il vous plaît, monter chercher Kiki?

— Tu as raison, dit Lydia d'une voix tendue. Ça fait trop longtemps qu'elle est partie.

— Pourquoi pas ? dit Mathieu d'un ton calme. C'est mieux que de rester assis à l'attendre.

Miriam est persuadée qu'il s'efforce de détendre la tension soudaine que la remarque de Béatrice a créée.

— On aurait pu jouer encore au ballon, se plaint Lucas, mais il se lève aussi d'un mouvement brusque.

Plus personne ne parle tandis qu'ils quittent tous le gymnase et se dirigent vers l'escalier.

Plus d'une fois pendant qu'ils montent, alors qu'elle peine à cause de son genou blessé, Miriam sent que Lydia et Béatrice l'examinent attentivement, comme si celles-ci cherchaient à deviner ce que Mathieu lui trouve.

«Ce n'est pas grave, pense Miriam. Je ne vais pas au bal avec elles.» En vérité, elle ne croit pas encore vraiment qu'elle y va. Elle pense uniquement à la chance qu'elle a d'être vivante. Mais elle va au bal, et avec Mathieu Milette. Elle devrait crier sa joie sur les toits.

Ce serait inapproprié de crier de joie alors qu'une de ses camarades est morte et qu'elle-même a failli subir le même sort. Et maintenant, Kiki est en retard.

Miriam recommence à avoir des élancements à la tête.

Tournant le coin du dernier couloir, ils aperçoivent, par l'ouverture de la porte du bureau de madame Tousignant, deux concierges penchés au-dessus d'un corps étendu sur le plancher. Même depuis le couloir, ils peuvent voir la flaque rouge vif qui entoure la forme immobile vêtue de soie. Un liquide rouge qui ne devrait pas être là. Un liquide rouge qui s'écoule de son visage pour former une mare sous sa tête.

— Oh non! gémit Béatrice. Je savais qu'il lui était arrivé quelque chose!

Personne d'autre ne dit un mot.

L'un des concierges sort du bureau pour aller appeler une ambulance. En passant devant le groupe paralysé par l'émoi, il dit:

— Ce n'est pas aussi grave que ça en a l'air. Mais tout le sang qu'elle a perdu, c'est impressionnant.

Kiki commence à bouger légèrement, alors qu'ils arrivent près d'elle. La pauvre fille n'est pas belle à voir.

Tous ceux qui l'entourent retiennent leur souffle en voyant les dégâts. David est le premier à parler.

— Oh! Seigneur! grogne-t-il d'une voix grave. Regardez son visage!

Il tombe à genoux à côté de sa petite amie.

— Qu'est-ce qui lui est arrivé? demande Béatrice, d'une voix tremblante, en s'agenouillant, elle aussi, à côté de Kiki. Elle est tombée?

Kiki ouvre les yeux. Ceux-ci ont commencé à enfler et sont cernés de rouge. Du sang suinte de la vilaine coupure au-dessus de sa lèvre supérieure. Son nez parfait, maintenant cassé, est une masse informe de cartilage et d'os d'où le sang coule abondamment. Ses yeux se referment, sans doute parce qu'elle a trop mal pour les garder ouverts.

— Je ne crois pas qu'elle s'est fait ça en tombant, dit le concierge. Elle a été frappée avec un objet vraiment lourd. Georges n'appelle pas seulement une ambulance. Il appelle aussi la police.

— Où est l'argent? demande sèchement Caroline. Je ne vois ni boîte ni enveloppe nulle part.

Le concierge lui jette un regard curieux et demande:

— L'argent? Quel argent?

— Kiki est venue ici chercher l'argent pour acheter tout ce qu'il faut pour le bal, répond Lara. Mais on ne le voit nulle part. Je déteste être brutale, mais le bal ne sera pas annulé juste parce que Kiki s'est cassé la figure. Il y a encore beaucoup à faire. Ah! La clé est restée dans la serrure du tiroir. Peut-être que Kiki n'a pas eu le temps de sortir la boîte. Je vais vérifier.

Elle ouvre le tiroir et regarde à l'intérieur. Puis elle dit:

— Non, il n'y a pas d'argent ici. Kiki a dû être frappée après avoir sorti la boîte.

Elle se tourne vers le groupe et ajoute:

— Il faut que Kiki nous dise qui a pris cet argent. Avant qu'ils l'emmènent à l'hôpital.

— Ça, c'est brutal! s'exclame Lydia.

Personne d'autre ne fait de commentaire.

Caroline et Lucas vont regarder dans le corridor si une boîte ou une enveloppe ne s'y trouvent pas. Il n'y a ni l'une ni l'autre.

— Ça n'a aucune importance! crie Béatrice. On

s'occupera de ça plus tard. Où est cette fichue ambulance? Kiki continue à saigner. Elle pourrait mourir…

Kiki rouvre les yeux. Ses lèvres meurtries murmurent:

— Qu'est-ce qui se passe? Qu'est-ce qui m'arrive? Le visage me fait mal… Quelqu'un m'a frappée. Est-ce que David… n'était pas…

Béatrice se penche plus près et lui demande:

— Quoi? Qu'est-ce que tu as dit, Kiki? As-tu vu celui qui t'a frappée? Qui est-ce que c'était?

— Une voix. Elle m'a dit…

Kiki referme de nouveau les yeux.

La plainte d'une sirène d'ambulance se rapproche de l'école.

— Quelle voix? demande Béatrice, qui tressaille lorsque son regard se pose sur le visage défiguré de son amie. Je ne comprends pas.

Miriam non plus. C'est la deuxième fois, cette semaine, qu'elle voit défigurée une fille qui a toujours été magnifique. Un visage qui, jusque-là, ne montrait aucun défaut, aucune imperfection. Et qui a été complètement abîmé. Même lorsque le sang aura été nettoyé, Katherine Pappas ne sera pas égale à elle-même d'ici longtemps.

Tous attendent en silence, tandis que les ambulanciers examinent la blessée.

— Son état est stable, dit l'un d'eux. Les dommages ne sont pas sérieux. Il va falloir lui réparer le nez, cependant, et il se pourrait qu'elle ait une commotion cérébrale. Elle a reçu un fameux coup. L'un d'entre vous doit téléphoner à sa famille et lui dire de se présenter à l'hôpital.

David sort en trombe pour faire l'appel.

Les ambulanciers soulèvent Kiki pour la déposer sur une civière. Aussitôt, Miriam aperçoit le bijou qui était caché sous un bras de la blessée. C'est une épinglette du Quatuor.

Elle se penche pour la ramasser puis, se disant qu'il y a peut-être dessus des empreintes digitales, elle décide de la laisser là.

Elle se relève et va se placer près de Mathieu, à qui elle montre l'épinglette du doigt en disant:

— Est-ce que tu vois ça?

Mais avant qu'il ne puisse répondre, les policiers arrivent. Ils questionnent brièvement les ambulanciers, puis se tournent vers le groupe silencieux.

«Une autre épinglette, pense Miriam. Il y en avait une sur la plateforme du phare, mais il n'y en avait pas près de la poubelle. Pourquoi est-ce qu'il n'y en avait pas pour moi?»

Les ambulanciers finissent d'attacher Kiki sur la civière, puis l'emportent. Le visage de Kiki est affreux. Son nez, qui a doublé de volume, l'empêche d'ouvrir les yeux. Mais elle n'a pas perdu connaissance.

— Je voulais aller au bal, dit-elle doucement.

En entendant ces mots, Miriam se souvient que ce sont les mêmes qui lui étaient venus à l'esprit juste avant de s'évanouir dans la poubelle. Épinglette ou non, la personne qui a affreusement défiguré Kiki est la même qui l'a agressée, elle, le vendredi précédent. Et la remarque de Kiki prouve hors de tout doute qu'encore une fois Caroline avait raison. La cause de tout ceci, c'est le bal. C'est une pensée stupide, ridicule et folle, mais Miriam sait qu'elle est vraie.

Quelqu'un essaie de saboter le bal. Pourquoi ? Dans l'espoir qu'il soit annulé ? Pourquoi cette personne voudrait-elle qu'il n'y ait pas de bal ? Parce qu'elle n'y va pas ?

Puis il lui vient une pensée encore plus terrifiante : peut-être que ce n'est pas le bal que l'on prend pour cible, mais plutôt celles qui veulent y aller. Cette idée est-elle trop simpliste ? Depuis que les bals de fin d'études secondaires existent, ce n'est pas la première fois que certains élèves n'y sont pas invités. Miriam n'a jamais entendu dire que ceux-ci tuent leurs camarades qui ont la chance d'y aller.

Elle doit se rappeler qu'elle fait maintenant partie de ce groupe de chanceux.

Lorsqu'elle fait part de son idée à Mathieu, celui-ci lui demande si elle croit vraiment qu'un élève est devenu un meurtrier parce qu'il ne supporte pas de ne pas aller au bal.

Elle répond :

— Euh, non. Excuse-moi, je suis fatiguée et mon mal de tête m'empêche de penser clairement.

Même à ses oreilles, cela ne paraît pas convaincant.

Elle espère de tout cœur se tromper. Elle ne veut pas que la mort de Stéphanie, sa propre mésaventure et l'attaque contre Kiki aient quelque chose à voir avec le bal. C'est sans doute égoïste de sa part, mais ça la déprime de penser que le bal, auquel elle désire aller depuis si longtemps, pourrait être la raison de toute cette laideur.

— Je voudrais vous rappeler que l'argent dont madame Tousignant avait la garde n'était pas destiné qu'à acheter des bougies, annonce Lara lorsque la civière a disparu au coin du couloir. Il devait servir à tout payer : les décorations, le traiteur, la nourriture et la boisson, l'orchestre, les fleurs, tout. Est-ce qu'on ne devrait pas chercher à savoir ce qui lui est arrivé ? On va en avoir besoin.

— On ne peut rien faire pour le moment, dit Lydia. Il va falloir attendre que Kiki soit capable de nous dire qui a volé l'argent. Ça ne se fera pas avant demain. Je suis désolée si ça te dérange, mais on n'y peut rien.

Miriam est surprise de voir Lara sourire alors mielleusement à David en disant avec conviction :

— Je m'excuse. Lydia a raison. J'ai réagi comme une sans-cœur. Je ne pensais vraiment qu'à vous tous, pourtant. Moi, je ne vais pas au bal. Je n'ai pas encore reçu d'invitation. Mais vous autres, vous y allez. Je ne veux pas que vous soyez déçus, c'est tout.

Miriam lui jette un regard sévère. Depuis quand Lara Douville se préoccupe-t-elle des déceptions des

Pops? Elle n'a pas déjà jeté son dévolu sur David, n'est-ce pas? Alors que Kiki n'est même pas encore arrivée à l'hôpital?

Les policiers semblent croire qu'il s'agit d'un simple vol. Selon eux, quelqu'un est passé au moment où Kiki sortait la boîte du tiroir. Le voleur l'a frappée avec la lourde boîte, puis s'est sauvé en emportant l'argent.

Miriam leur montre l'épinglette. Mais il y a sur place trop de gens désireux de déclarer, comme ils l'ont fait au phare, que les épinglettes ne sont pas rares. L'objet n'a aucune importance, peut-elle lire sur le visage des policiers.

Ceux-ci affirment qu'ils parleront à la victime. Mais Miriam voit que leur opinion est déjà faite sur ce qui s'est passé.

Alors qu'elles quittent l'école, en fin d'après-midi, Miriam siffle à Lara:

— Qu'est-ce que tu faisais tout à l'heure? Tu flir-tais avec David? Je pourrais jurer que c'était ce que tu faisais, mais je dois avoir tort, hein? Parce que c'est impossible que tu aies agi d'une manière aussi dégoûtante!

— Tu sais très bien que Kiki ne se montrera jamais en public avec un visage pareil. Elle est trop vaniteuse. Elle n'aura pas repris son aspect normal à temps pour le bal. Mon oncle Roger s'est cassé le nez quand j'étais petite et j'avais peur d'aller près de lui tellement il était affreux. Je ne crois pas que David ait déjà trompé Kiki, comme Michel le faisait avec Stéphanie. Mais même s'il était prêt à l'emmener au bal alors qu'elle a l'air de s'être battue avec un champion de boxe, elle refuserait d'y aller. Alors, termine-t-elle joyeusement, si David veut aller à son bal, il lui faut une partenaire, pas vrai, Miriam?

Cette dernière est sur le point de répliquer: «Ne mets pas tes espoirs en David, Lara. Si Kiki ne va pas au bal, il n'ira pas, lui non plus.» lorsque la camionnette du Quatuor apparaît soudain et s'arrête brusquement au pied de l'escalier. Adrienne bondit hors du véhicule et, le visage blême, elle suit du regard l'ambulance qui s'éloigne. Elle n'a pas vu sa fille.

— Maman? Qu'est-ce que tu fais ici? demande Miriam en se précipitant vers elle.

À sa grande surprise, sa mère la saisit dans ses bras et l'étreint de toutes ses forces.

— Tu es saine et sauve, Dieu merci! bredouille Adrienne.

— Maman, qu'est-ce que tu as? demande Miriam, qui sent sa mère trembler dans ses bras.

Adrienne s'écarte de sa fille et examine son visage comme si elle ne pouvait pas croire qu'il est réel.

— J'ai vu cette ambulance et j'ai pensé… Je ne sais pas ce que j'ai pensé, mais ce n'était pas réjouissant. Tu es certaine que tu vas bien?

— Oui, ça va.

Elle ne peut pas, de but en blanc, raconter à sa mère tout ce qui s'est passé. Elle préfère attendre d'être à la maison.

134

— Qu'est-ce que tu fais ici? demande-t-elle. Je t'ai dit que Mathieu me ramènerait.

— Je croyais que c'était moi qui te ramenais, dit joyeusement Caroline. On devait aller manger une pizza toutes les quatre ensemble, tu te souviens?

Non, Miriam a oublié. Elles s'en étaient parlé, ses amies et elle, le mardi précédent, des milliers d'années plus tôt, avant le pique-nique, avant la mort de Stéphanie, avant l'incident de la poubelle, avant Mathieu.

— Miriam, lui dit sa mère d'une voix tremblante, deux policiers sont chez nous, en ce moment. Ils disent que le lait que tu as donné au chat de ruelle était empoisonné. Il contenait du poison, Miriam! Une sorte d'insecticide mortel. Et il était dans notre réfrigérateur, dans notre boutique. Miriam, à peu près tout le monde sait que je suis allergique au lait. J'ai souvent fait des blagues à propos de ça.

— Maman...

Adrienne lève la main et poursuit:

— Alors les policiers sont certains que le lait t'était destiné. Il t'était destiné, Miriam! C'est pour ça que je me suis énervée quand j'ai aperçu l'ambulance. Je pensais que tu... tu... Miriam, j'essaie de te faire comprendre qu'on a essayé de t'empoisonner!

Chapitre 22

Les deux agents de police, dont l'un est Éloi Milette, le frère de Mathieu, sont encore là quand Adrienne ramène chez elle sa fille, ainsi que Mathieu, Caroline et Sylvain. Lorsque en bonne maîtresse de maison, elle a préparé du café pour tous et l'a apporté dans le joli salon bleu et blanc, les policiers se mettent à poser des questions à sa fille. Celle-ci pourrait mieux y répondre si son cerveau n'était pas dans un état brumeux d'étonnement mêlé d'incrédulité.

Sait-elle pourquoi on a essayé de lui faire du mal? De l'empoisonner?

Non, elle ne le sait pas.

Le poison est un puissant insecticide. Connaît-elle quelqu'un qui fait du jardinage?

— Non, pas moi, répond-elle. Mais maman en connaît.

Sa mère, assise entre elle et Mathieu sur le divan bleu, lui jette un regard surpris.

— J'en connais? s'étonne-t-elle.

— Tes associées du Quatuor. Tu m'as dit qu'elles appartiennent au club horticole. La mère de Lydia cultive des rosiers magnifiques, paraît-il, et celle de Béatrice se spécialise dans les chrysanthèmes. Le meilleur jardinier en ville travaille pour la mère de Kiki, c'est ça?

— Oh! elles! Oui, c'est ça. Je pensais que tu voulais parler de mes amies. Elles n'ont pas le temps de jardiner. Mais, oui, mes associées ont des jardins magnifiques.

Montrant un bouquet superbe sur la table basse, Adrienne ajoute:

— Elles apportent souvent des fleurs au Quatuor. Je garde les bouquets quelques jours à la boutique, puis je les apporte à la maison. Et ta mère aussi cultive de jolies fleurs, n'est-ce pas, Caroline?

— Oui, répond celle-ci. Mais je ne crois pas qu'elle utilise des insecticides. Elle préfère les produits naturels.

— Pourriez-vous me donner le nom de ces personnes? demande l'agent Milette.

— Je connais leurs noms, dit son collègue. Sauf le dernier. Quel est le nom de ta mère, Caroline?

Celle-ci rougit encore plus. Miriam sait pourquoi. C'est comme si le policier avait dit que les trois autres femmes sont des personnalités connues, alors que sa mère n'est pas quelqu'un d'important.

«Les associées doivent faire de généreux dons à l'association des bénévoles de la police», pense Miriam avec cynisme. Elle espère qu'elles ne recevront pas de traitement de faveur. Pas qu'elle pense que l'une d'elles aurait pu la jeter dans la poubelle. Miriam retient un éclat de rire à l'idée qu'une de ces femmes élégantes et toujours bien coiffées puisse rôder dans une ruelle.

Ce n'est pas drôle, pourtant. Quelqu'un a rôdé dans la ruelle, attendant que Miriam boive le lait empoisonné et meure. Lorsque le chat est mort à sa place, son plan a dû être changé. C'est pour ça qu'il l'a jetée dans la poubelle et qu'il y a mis le feu. Quelqu'un a essayé de la tuer.

— Qui, à part vous, a accès à la boutique ? Qui d'autre en possède les clés ? demande un policier à Adrienne.

— À part ma fille et moi, il y a mes associées. Chacune d'elles a une clé, bien que je ne crois pas qu'elles s'en soient jamais servi. Je garde aussi plusieurs clés supplémentaires à la maison et à la boutique, juste au cas. Je ne suis pas du genre à perdre mes choses, mais on ne sait jamais.

— Moi aussi, j'ai une clé, parce que je travaille au Quatuor, dit Caroline. Et parfois, je la prête à Sylvain quand il doit venir chercher de la marchandise pour une livraison très tôt le matin.

— Tu lui prêtes ta clé ? s'étonne Adrienne. Je n'étais pas au courant. Je n'aime vraiment pas que tu prêtes ta clé, Caroline. Pas même à Sylvain. S'il a une livraison tôt le matin, je viendrai lui ouvrir moi-même la porte de la boutique.

Sylvain hoche calmement la tête, mais Caroline baisse les yeux.

— Désolée, murmure-t-elle d'une voix peinée.

— Personne d'autre? demande Éloi Milette.

— Non, je ne pense pas.

— Maman, le crochet où pendent les clés est placé juste à côté de la caisse enregistreuse. Est-ce que tu comptes les clés chaque soir pour t'assurer qu'il n'en manque aucune?

— Euh… non, pas tous les soirs. Mais…

— La boutique est toujours pleine ces jours-ci, dit Miriam. C'est un vrai zoo. N'importe qui aurait pu prendre une des clés pendant qu'on étaient occupées loin de la caisse.

— Mais je compte vraiment les clés, proteste sa mère. Peut-être pas tous les soirs, mais assez souvent quand même. Je les ai comptées ce matin et le compte y était.

Le policier dit alors d'une voix neutre:

— Quelqu'un peut en avoir fait faire un double. Il a enlevé la clé du crochet, l'a apportée à un serrurier qui en a fait un double, l'a rapportée aussitôt et l'a remise à sa place. Ça ne lui aura pris que quelques minutes.

— Et vous pensez que c'est comme ça qu'il a pu verser le poison dans le lait? demande Adrienne en pâlissant.

— Pas nécessairement. Je suis entré dans votre boutique. Elle est petite. On y a facilement accès à l'arrière-boutique et à la pièce de l'étage. Il se pourrait qu'à un moment où vous étiez occupées, quelqu'un soit allé dans l'arrière-boutique, qu'il ait ouvert le frigo et versé l'insecticide dans le lait, puis soit ressorti aussitôt. Quelqu'un qui était déjà à l'intérieur de la boutique.

— Peut-être, intervient Miriam. Mais cette personne n'aurait pas pu voler la robe de Stéphanie, celle que ma mère cousait, pendant qu'on était dans la boutique. On l'aurait remarqué si elle était partie avec. Alors, puisqu'il n'y a pas eu de serrure brisée après que la robe ait disparu, la voleuse doit avoir utilisé une clé.

Elle se rend compte à l'air perplexe des policiers que sa mère a omis de leur parler de la robe volée. Une explication est nécessaire et c'est Adrienne qui s'en charge :

— Je n'ai pas rapporté le vol parce que la robe n'a pas assez de valeur pour que ce soit une grande perte. Avec tout ce qui se passe en ce moment, il ne me semblait pas que ça valait la peine d'attirer votre attention sur un petit vol sans importance. J'aurais dû le faire ?

— Seulement parce que ça pourrait faire partie de l'ensemble, madame, répond Éloi Milette.

— Moi, je le crois, affirme vigoureusement Miriam. Et selon moi, l'attaque contre Kiki n'a rien à voir avec l'argent. Ça concerne le bal.

Aussitôt, elle regrette ce qu'elle vient de dire. Les policiers ne se montrent pas intéressés par sa théorie, mais sa mère se redresse, l'air inquiète. Miriam peut pratiquement voir les images qui défilent dans l'esprit d'Adrienne: une explosion dans la salle de bal, un incendie, un carnage…

— Mais peut-être pas, ajoute-t-elle vivement.

Si Adrienne se convainc que les actes criminels sont reliés au bal, même alors qu'elle a ardemment désiré que sa fille y aille, elle pourrait changer d'idée et l'obliger à rester à la maison.

— Je suis certaine que la tentative d'empoisonnement n'a rien à voir avec le bal, poursuit faiblement Miriam. C'est trop fou. Vous ne trouvez pas?

— Nous devons découvrir d'où vient le poison, dit Éloi Milette en se levant en même temps que son confrère. Quand on le saura, on pourra vous donner quelques réponses. Entre-temps, nous continuons l'enquête sur la mort de votre camarade. Heureusement que le contenant de lait et l'assiette n'ont pas brûlé dans la poubelle, sinon, on ne saurait même pas qu'il y a eu tentative d'empoisonnement. Et toi, Miriam, tu serais en danger, comme l'était la jeune fille qui est morte. Tu ne saurais même pas que quelqu'un veut ta peau. Au moins, tu as eu un avertissement. Alors maintenant, sois prudente, tu m'entends? On communiquera avec vous dès qu'on apprendra quelque chose.

« Est-ce important de savoir pourquoi ça arrive? se demande Miriam, tandis que sa mère reconduit les policiers jusqu'à la porte. Même si ça n'a rien à voir avec le bal, Stéphanie est tout de même morte, Kiki a tout de même l'air d'être tombée d'un douzième étage sur un trottoir de ciment, et je continuerai d'être à moitié terrifiée. Ou plutôt, complètement terrifiée.»

Caroline et Sylvain s'en vont, mais Mathieu reste avec elle toute la soirée. Miriam se rend compte qu'il n'ose pas la laisser seule, bien qu'elle soit en sécurité chez elle. Sa présence est réconfortante. Mais, peu après vingt-trois heures, elle lui dit pourtant:

— Tu devrais rentrer chez toi.

Ils sont assis sur la balançoire de la véranda. Le mouvement leur procure une douce brise. Une lune aux trois quarts pleine les baigne d'un éclairage de veilleuse. Avec tact, Adrienne s'est retirée dans sa chambre, mais Miriam sait qu'elle ne dort pas.

— On a de l'école, demain. Je ne veux pas que tu te traînes pendant les cours avec des valises sous les yeux.

— Pourquoi pas?

Son expression préoccupée est momentanément remplacée par l'ombre d'un sourire. Il ajoute:

— J'ai déjà une partenaire pour le bal, alors je peux me laisser aller maintenant. Serais-tu superficielle au point de me quitter si je ne suis pas aussi magnifique que d'habitude?

Miriam ne rit pas.

— S'il te plaît, ne parle pas du bal, le supplie-t-elle doucement en s'appuyant contre la poitrine du garçon.

— Excuse-moi, dit-il en la serrant dans ses bras. Ça va aller? Regarde-moi.

Elle plonge son regard dans le sien.

— Ça va aller, hein ? répète-t-il.

— Oui. Ça ira très bien.

Mais elle ne croit pas vraiment ce qu'elle dit.

— Tout le monde est au courant au sujet de la poubelle, lui dit-il encore avant de s'en aller. Alors, les gens vont prendre soin de toi. Pas seulement moi, mais tout le monde. Tu ne seras pas seule, je te le promets. Je viendrai te chercher pour t'emmener à l'école et je te ramènerai ici à la fin de la journée, ou à la boutique si c'est là que tu veux aller.

— Caroline vient me chercher chaque matin.

— Je suis plus fort que Caroline, dit-il en arborant un large sourire, cette fois. Je suis sûr qu'elle sera d'accord pour me laisser sa place. Elle veut que tu sois protégée, pas vrai ?

Miriam n'est pas certaine que Caroline sera d'accord. Mais en vérité, elle se sentira vraiment mieux protégée avec Mathieu. C'est peut-être sexiste, mais elle n'y peut rien.

Elle devra appeler Caroline plus tard pour lui en parler. Ça ne sera pas une conversation très agréable.

— Éloi sait ce que je ressens pour toi, dit Mathieu, après lui avoir donné un dernier baiser. Alors, il ne laissera pas piétiner l'enquête.

Caroline ne se fâche pas lorsque Miriam lui fait part de la proposition de Mathieu. Elle dit qu'elle comprend et qu'elle est contente qu'il joue les gardes du corps. Puis elle ajoute :

— J'aimerais avoir quelqu'un comme ça dans ma vie.

Miriam voulait dire à Caroline que sa mère a gardé la robe turquoise en réserve, mais elle s'en abstient. Son amie doit inviter Sylvain parce qu'elle a envie de passer la soirée avec lui, et non pour porter une jolie robe. Ça ne serait pas juste pour le garçon.

*   *   *

L'atmosphère à l'école est terrible. Le temps des examens finaux approche. Tous les élèves savent qu'ils devraient étudier sérieusement. Mais c'est impossible. L'anxiété normale au sujet de leurs notes fait place à une peur très réelle. Miriam la voit sur de nombreux visages alors qu'elle circule dans les corridors, toujours en compagnie de Mathieu ou de Lara, de Caroline, de Jeannine ou de Sylvain. Dans le regard des autres élèves, se lit aussi l'étonnement qu'elle ait survécu à une agression et ne soit même pas à l'hôpital. Ils l'évitent, sachant qu'elle pourrait bien être la cible d'une nouvelle attaque. Ils trouvent plus sage de se tenir loin de Miriam Dubé.

C'est étrange. Cinq années de secondaire s'achèvent et ce n'est que depuis ces deux dernières semaines que tout le monde sait qui elle est.

«J'aimerais mieux être restée dans l'anonymat», se dit-elle. Et c'est vrai.

Elle a appris, par le bouche à oreille, que Kiki a été incapable d'identifier son agresseur. Celle-ci n'a même pas pu dire si c'était un garçon ou une fille. Avant de parvenir jusqu'à Miriam, la rumeur a fait le tour de l'école et a grossi; il est maintenant question de «couper les orteils de Kiki et de les lui envoyer par la poste, si elle assiste au bal». La rumeur est devenue une version exagérément déformée de la vérité.

Évidemment, Kiki n'ira pas au bal. Ce renseignement a circulé également très vite. C'est en pleurant que Kiki a annulé son rendez-vous avec David. Elle est terrifiée. Et même si elle ne l'était pas, tous ceux qui la connaissent savent qu'elle n'apparaîtra pas en public tant que son visage ne sera pas redevenu normal.

Le beau et populaire David Goumas, tout comme Michel Danis avant lui, se retrouve donc sans partenaire pour son bal. Mais cette fois, les amies de Miriam prennent soin de ne pas s'en réjouir en sa présence. Lorsque Lara lui demande au dîner s'il reste encore quelques robes de bal à la boutique, elle le fait si légèrement, presque paresseusement, que Miriam refuse de s'en offusquer.

— Oui, il en reste une dizaine, répond-elle à son amie.

Et elle ne parle pas de David Goumas.

Plus tard, lorsqu'elle aperçoit Caroline et Lara en grande conversation avec un David visiblement déprimé, Miriam poursuit son chemin avec Mathieu. Elle ne dira pas à ses amies: «Faites attention à ce que vous souhaitez. Si j'étais vous, je ne serais pas si pressée d'avoir une invitation pour le bal, en ce moment. Regardez ce qui arrive à celles d'entre nous qui y vont.» Parce que même si elles étaient persuadées que c'est la raison des agressions, ses amies ne l'écouteraient pas. Quoi qu'il arrive, elles voudront y aller. Elles refuseront de croire qu'elles pourraient être agressées. C'est impossible de le croire tant qu'on n'a pas craint pour sa vie, comme elle l'a fait elle-même dans la poubelle. Si on lui avait dit qu'accepter l'invitation de Mathieu Milette signifiait que quelqu'un chercherait à l'empoisonner, aurait-elle accepté cette invitation ? Ou l'aurait-elle refusée ?

« Si j'y avais cru, j'aurais dit non, se dit-elle. Je ne suis pas masochiste. Le problème, c'est que je ne l'aurais pas cru. Ça m'aurait semblé complètement fou. »

C'est encore pareil.

La direction de l'école n'a pas annoncé l'annulation du bal. La mère de Stéphanie a émis un chèque pour rembourser l'argent disparu. Elle y a joint un mot disant que sa fille aurait voulu qu'elle fasse ce geste et dans lequel elle souhaitait à tous de s'amuser.

Lorsque Mathieu dépose Miriam à la boutique vers quinze heures, Adrienne est postée devant la porte, le visage grave, la bouche serrée en une ligne sévère.

« La journée a dû être rude pour elle, se dit Miriam en étreignant sa mère. J'aurais dû l'appeler plus d'une fois. Demain, je le ferai. »

Mais l'instant suivant, elle apprend que ce n'est pas uniquement sa sécurité qui a préoccupé sa mère.

— Miriam, c'est encore arrivé, dit Adrienne d'une voix basse pour ne pas être entendue par les clients, parmi lesquels Miriam aperçoit des Pops, ainsi que Lara et Jeannine.

Sa première réaction est de penser que sa mère parle d'une nouvelle agression. Les battements de son cœur s'accélèrent et elle s'écrie:

— Oh non! Qui est-ce cette fois?

Adrienne secoue la tête et explique:

— Non, non, ce n'est pas ça. Personne n'est blessé. Mais il manque encore une robe. L'une des trois que je devais remplacer. Elle n'est plus là. Comme l'autre, elle était terminée et je l'avais accrochée près de la caisse, pour qu'elle soit prête à être emportée. Mais elle a disparu. Pourtant, je n'avais pas encore téléphoné pour qu'on vienne la chercher.

— La robe de Stéphanie a disparu après sa mort, dit Miriam, déroutée. C'est comme si son agresseur envoyait un message. Celle qui a été agressée à l'école, hier, c'est Katherine Pappas. Donc, on devrait avoir volé sa robe. Mais… Kiki n'a pas acheté de robe ici, maman. Elle va toujours ailleurs. Alors, comment est-ce que sa robe pourrait avoir disparu?

— Je sais que Katherine n'a pas acheté une de mes robes, dit Adrienne. La robe dont je parle, c'est la bleu pâle que Béatrice April avait choisie. Je ne la trouve nulle part.

— La robe de Béatrice a disparu? Béatrice?

Adrienne pose un regard inquiet sur sa fille et dit:

— Je n'aime pas ça, Mimi. Je n'aime pas ça du tout. Cette fille pourrait courir un sérieux danger.

Chapitre 23

— Peut-être que Béatrice est venue chercher sa robe, suggère Miriam. Pendant l'heure de ton dîner.

— Je ne suis pas sortie dîner aujourd'hui. Je n'ai pas quitté la boutique. Et il y a autre chose, dit Adrienne en pointant du doigt un vase de fleurs posé sur le comptoir. Madame Pappas m'a apporté ce bouquet aujourd'hui. Je lui ai demandé si elle utilisait des insecticides. Elle m'a répondu oui et que c'était étrange que je lui pose la question, parce qu'elle en avait une nouvelle bouteille dans son garage et que, lorsqu'elle était allée la chercher un peu plus tôt dans la journée, la bouteille avait disparu. La dernière fois qu'elle l'avait vue, c'était le jour des funérailles, quand l'amoureux de Béatrice était venu chercher des petits bouquets qu'elle avait préparés pour que les amies de Stéphanie les déposent sur sa tombe après la cérémonie. Le garçon et elle étaient allés dans le garage prendre une boîte pour transporter les bouquets. À ce moment-là, l'insecticide y était encore.

— Lucas ? Elle croit que Lucas a pris l'insecticide ?

— Elle n'a pas dit ça, Mimi. Mais la porte de leur garage est toujours verrouillée. S'il était le seul à l'intérieur… J'appelle la police. Béatrice pourrait être en danger.

« C'est sûr que Béatrice est en danger, pense Miriam. Nous le sommes tous. » Elle garde cette pensée pour elle-même.

— C'est bizarre que ma robe n'ait pas été volée, dit-elle. Elle ne l'a pas été, hein ?

— Ta robe n'est pas ici. Je l'ai emportée à la maison pour que personne ne l'achète.

— Bonne idée, maman. Merci.

Miriam connaît à peine Lucas. Pourquoi voudrait-il l'empoisonner ? En tout cas, il est grand. Il n'aurait eu aucune difficulté à la soulever pour la jeter dans la poubelle.

Tandis qu'Adrienne va téléphoner à la police, la porte de la boutique s'ouvre brusquement et Caroline entre. Elle paraît surprise de trouver Miriam debout dans l'entrée.

— Qu'est-ce qu'il se passe encore ? demande-t-elle avec brusquerie.

Miriam lui annonce la disparition d'une autre robe.

— Je ne comprends pas ce qu'il y a de si effrayant là-dedans, dit son amie. On sait déjà que la personne qui fait tout ça ne veut pas que ses victimes aillent au bal, c'est ça ? Dans le cas de

Béatrice, elle a dû penser qu'un autre acte de violence était trop risqué, vu que tous les policiers sont à ses trousses. Alors, elle s'est contentée de voler la robe. Tu devrais être soulagée, pas inquiète.

— Caroline, tous ceux qui connaissent Béatrice savent qu'elle peut se permettre d'acheter une autre robe à temps pour le bal. Se faire voler celle qu'elle avait choisie ne l'obligera pas à rester à la maison.

Miriam répète alors à son amie ce que sa mère lui a raconté au sujet de l'insecticide.

— Lucas? demande Caroline d'un ton sceptique. C'est stupide. Pourquoi est-ce que Lucas t'empoisonnerait? Il ne connaît même pas ton existence.

— Je sais que c'est fou. Écoute, Sylvain a pris la camionnette. M'emmènerais-tu à la recherche de Béatrice? Il faut qu'on la prévienne. Ne dis rien à ma mère, elle ne nous laisserait jamais partir. Je vais lui dire qu'on a des courses à faire pour le bal. Elle me laissera y aller si je ne suis pas seule.

Adrienne revient et leur apprend qu'elle a d'abord appelé chez Béatrice.

— Elle a rendez-vous chez le coiffeur, dit-elle. La bonne ignore où est situé le salon de coiffure où va Béatrice, mais le policier à qui j'ai parlé ensuite m'a dit qu'il le trouverait. On ne peut rien faire de plus.

«Oh si! se dit Miriam. On peut trouver Béatrice nous-même et la prévenir de ce qui se passe.»

Elle dit à sa mère que Caroline l'emmène faire des courses et, après avoir manifesté des réticences à la voir quitter la boutique, Adrienne finit par céder.

— Reviens dès que tu auras terminé, d'accord? Et sois prudente, Mimi. Caroline et toi, restez tout le temps ensemble, promis?

Miriam promet. Tandis que Caroline se rend aux toilettes rincer une lentille cornéenne qui irrite son œil, Miriam grimpe péniblement à l'étage déposer ses livres et son chandail dans l'étuve. Après une dernière mise en garde anxieuse d'Adrienne, les deux amies quittent la boutique.

Dans la voiture, Caroline demande:

— Alors Béatrice est chez son coiffeur. Tu sais où est son salon? Tu sais lequel c'est?

— Sans doute le plus coûteux, le plus chic en ville.

— Il est sûrement dans l'Est alors. Dans le quartier des Pops. Allons-y. Quoique l'air y sera sûrement plus raréfié qu'il ne l'est par ici. Peut-être qu'on devrait porter des masques à oxygène, qu'est-ce que tu en penses? Je crois que tu t'énerves pour rien. Ce n'est pas comme si Béatrice était en train d'être agressée.

«Pas encore», se dit Miriam.

— C'est amusant, dit joyeusement Caroline en se faufilant de façon experte à travers la circulation en direction de l'est de la ville. On dirait qu'on participe à une chasse au trésor. Ou alors qu'on est des détectives, à la recherche d'un témoin important, hein? On avait l'habitude de faire des folies comme ça, Miriam, tu te souviens? Par exemple, quand à la pointe du phare on faisait semblant d'être des membres d'une organisation internationale secrète, toutes les quatre: toi, Jeannine, Lara et moi.

— On était des petites filles dans ce temps-là. Et puis, on n'a jamais été vraiment en danger.

Miriam a des élancements dans le genou et a mal à la tête. Elle n'a pas la moindre idée de ce qu'elle et Caroline diront à Béatrice lorsqu'elles la trouveront. «On veut seulement t'informer que ta robe de bal a été volée, que ma mère pense que c'est un mauvais présage et que tu ne devrais pas trop faire confiance à ton amoureux en ce moment.» Est-ce cela qu'il faut lui dire? Comment Béatrice est-elle censée réagir en entendant ça? Doivent-elles lui suggérer qu'il n'est pas nécessaire qu'elle s'achète une autre robe puisqu'il se pourrait qu'elle n'aille pas au bal avec Lucas? Si c'est lui qui a volé l'insecticide et qui l'a versé dans le lait au Quatuor, il n'ira pas au bal.

Alors, Béatrice n'y ira pas non plus et ne sera pas couronnée reine, ce qu'elle désire le plus au monde. Le dessin qu'elle a fait le prouve. Miriam réfléchit. Lucas aime-t-il beaucoup Béatrice? Assez pour éliminer toute compétition qui pourrait l'empêcher de réaliser son rêve?

«Mais je ne suis pas une rivale pour Béatrice, se rappelle fermement Miriam. À moins que Lucas ne croie qu'en accompagnant Mathieu, j'ai une chance de gagner le titre de reine simplement parce que mon partenaire est si populaire. Est-ce possible?»

Mais si elle a raison, Béatrice devrait être la seule fille de cinquième secondaire à ne pas craindre la compétition. Lucas essaie de la protéger, pas de la blesser. Elle a tout de même le droit de savoir ce qui se passe.

Pourquoi Lucas aurait-il volé sa robe de bal?

— C'est tellement stupide! s'écrie Miriam avec tant de ferveur qu'elle fait sursauter Caroline. Je ne peux pas croire que quelqu'un attaque des filles pour les empêcher d'aller à leur bal! C'est complètement fou! Je ne comprends pas.

— Moi si.

Les rayons du soleil couchant frappent le pare-brise. Caroline baisse le pare-soleil pour se protéger les yeux.

— Je comprends ce que ressentent les criminels, dit-elle encore.

— Oh! Caroline, c'est ridicule! Tu ne le sais pas. Tu n'as jamais fait de mal à personne de toute ta vie.

— Tu ne m'as pas connue toute ma vie. Seulement depuis la cinquième année. De toute façon, je ne dis pas que j'approuve ce que fait celui-ci ou celle-ci. Mais c'est certain qu'il s'agit d'un élève furieux de ne pas avoir été invité au bal. Et ça, je le comprends. Toi aussi, tu le devrais. On a manqué assez de soirées de bal pour comprendre son sentiment de frustration.

Bien que la nouvelle théorie de Miriam soit très différente de celle de son amie, elle n'en dit rien. Elle peut se tromper complètement à propos de Lucas.

— Oui, on a déjà été frustrées, mais on n'a jamais eu envie de tuer quelqu'un.

Le demi-sourire de Caroline est impossible à déchiffrer.

— Non, je suppose que non, dit-elle. Ça m'a peut-être traversé l'esprit une fois ou deux. Pas toi?

— Non. Penses-tu vraiment qu'on connaît quelqu'un d'assez perturbé pour faire plus qu'imaginer une chose pareille?

— Certainement. Peut-être même plus d'une personne. C'est pas un genre de folie évidente, c'est tout. On a étudié des cas pareils en psychologie, rappelle-toi. Ces détraqués-là cachent leur état. Ils sont très rusés. Personne ne devine à quel point ils sont malades tant qu'ils n'ont pas commis une horreur. Comme maintenant. Parce que le reste du temps, les symptômes ne sont pas visibles. On se fait une image fausse de la folie; on imagine des gens qui courent en hurlant dans les rues. Ce n'est presque jamais comme ça. C'est beaucoup plus subtil, surtout dans le cas d'un meurtrier.

— Comment ça se fait que tu en connaisses autant sur la question?

Miriam songe que la description qu'a faite Caroline pourrait s'appliquer à Lucas.

— Je me suis beaucoup documentée sur le sujet.

Ça m'intéresse et, comme tu le sais, j'ai pas mal de temps libre pour lire. On connaît des gens comme ça, Miriam. Je te parie qu'on sera vraiment surprises en découvrant qui est le meurtrier de Stéphanie. Probablement celui ou celle qu'on soupçonne le moins. Kiki, franchement, m'a toujours paru psychologiquement fragile. Elle fait de trop gros efforts pour se maintenir à un certain niveau. Lydia aussi. Et Béatrice n'a jamais vraiment fait le poids par rapport aux autres Pops, alors ça pourrait la faire basculer dans la folie.

Caroline freine soudainement devant un petit centre commercial, situé à quelque distance de la rue. Un écriteau rose accroché devant un édifice bas indique *Coiffure Coquette*.

— On ne connaît jamais bien les gens, Miriam. Tu crois bien les connaître, mais non, ce n'est pas le cas.

Tandis que Miriam approfondit cette pensée déprimante, elle descend de voiture.

— Tu savais que David emmène une de ses jeunes cousines au bal ? demande-t-elle, alors qu'elle se dirige vers le salon de coiffure. C'est Kiki qui a tout organisé. Elle ne voulait pas que David manque son bal. Je trouve ça très généreux, pas toi ? Elle s'est arrangée pour qu'il y aille, même sans elle.

— C'est admirable, admet Caroline en ouvrant la porte du salon de coiffure. Il n'est vraiment pas resté libre longtemps. Lara est déçue. Et toutes les autres qui n'ont encore personne pour les accompagner au bal le sont aussi.

— J'en suis persuadée.

Béatrice n'est pas dans le salon de coiffure. Et on leur dit qu'aucune cliente de ce nom n'a rendez-vous chez eux.

Elles remontent en voiture et visitent trois autres salons. L'anxiété de Miriam augmente. Est-ce que les policiers ont pris au sérieux l'appel de sa mère? Est-ce que ceux-ci cherchent Béatrice en ce moment? Et peut-être aussi Lucas?

— Ce n'est plus amusant du tout, commente Caroline, tandis qu'elles continuent à sillonner les rues de la ville. On entre dans un dernier salon, et c'est tout. Je suis fatiguée. Il y en a un très chic un peu plus loin. Espérons que ce sera le bon.

— Ça n'a jamais été amusant, rétorque Miriam. On ne cherche pas Béatrice pour l'inviter à une fête, mais pour lui apprendre de mauvaises nouvelles. Comment est-ce que ça pourrait être amusant?

— C'est amusant de faire quelque chose ensemble, toutes les deux. Comme on le faisait avant. La fin du secondaire, ça me fait un peu peur, Miriam. Je sais que l'an prochain, on ira à la même école, mais j'ai l'impression affreuse que tout sera différent au cégep. En tout cas, je sais que Mathieu sera avec nous; alors, tu te tiendras probablement tout le temps avec lui et tu oublieras tes vieilles amies. On s'était dit que ça n'arriverait jamais, mais tous les jeunes se disent ça. Puis on vieillit et ça arrive.

— Qu'est-ce qu'il y a d'autre dans le coffre ? demande Caroline en s'approchant.

— Il y a aussi ceci, dit le policier en montrant une grosse bouteille de plastique avec une étiquette rouge portant la mention « Insecticide ».

Il se tourne vers Béatrice et lui demande :

— Pourquoi une personne emporterait-elle une bouteille d'insecticide dans son coffre de voiture, à moins qu'elle ne s'occupe de jardinage ? Ce qui n'est pas votre cas, n'est-ce pas, mademoiselle ?

— Je... Je... Je..., balbutie Béatrice.

Elle semble sur le point de se trouver mal.

— Et il y a plus, dit le policier en remettant la bouteille dans le coffre d'où il sort une boîte de métal gris, dessus laquelle il y a lisiblement marqué « Bal ». Voici sans doute l'argent volé.

Il laisse tomber la boîte dans le coffre juste à temps pour attraper Béatrice qui s'effondre.

Il la prend dans ses bras avant qu'elle ne tombe par terre.

Chapitre 24

— Je ne comprends pas pourquoi tu es si bouleversée, dit Caroline à Miriam, alors qu'elle la raccompagne au Quatuor.

Béatrice a repris connaissance pour s'évanouir aussitôt. Elle a été conduite à l'hôpital sous escorte policière.

— Je te l'avais dit que ce serait quelqu'un que tu ne soupçonnais pas, dit Caroline. Béatrice est la plus gentille des Pops, alors on aurait dû deviner que c'était elle la coupable.

Miriam se souvient que lors de sa visite à l'hôpital, Béatrice lui avait demandé si elle avait vu la personne qui l'avait agressée et jetée dans la poubelle. «Elle craignait probablement que je l'identifie», se dit Miriam. Elle parle à son amie du dessin de Béatrice trouvé dans le magazine. Puis elle dit :

— Je ne peux pas croire qu'elle tenait tant à devenir la reine du bal. Au point de tuer. Et moi ? Elle me considérait comme une rivale ?

— C'est parce que tu accompagnes Mathieu. Il est tellement populaire. Sans compter que lorsque Adrienne se sera occupée de toi, tu seras la plus belle fille du bal.

— Pour l'amour du ciel, où étais-tu? demande anxieusement Adrienne en guise d'accueil lorsque sa fille entre dans la boutique.

Caroline a congé tout le reste de l'après-midi. Elle a déposé Miriam en promettant de revenir la chercher plus tard, puis elle est partie.

— J'étais inquiète, poursuit Adrienne. Je ne m'attendais pas à ce que tu restes absente si longtemps. La police vient d'appeler. Elle a trouvé Béatrice. Tout est terminé, Mimi !

Le soulagement est perceptible dans la voix d'Adrienne. Son visage a retrouvé ses couleurs normales. Elle ajoute :

— La pauvre enfant est responsable de tous les horribles événements qui ont eu lieu dernièrement.

Miriam explique à sa mère consternée le rôle qu'elle a joué dans la capture de Béatrice.

— Je croyais que c'était Lucas, avoue-t-elle. C'est difficile de croire que Béatrice est assez forte pour m'avoir soulevée et jetée dans la poubelle.

Adrienne n'a pas l'air contente. De toutes ses associées, la mère de Béatrice est sa préférée.

— Elle a eu la force que procure la folie, je suppose, dit Adrienne. N'est-ce pas ce qu'on raconte : la force des fous est décuplée ? D'un autre côté, Mimi, on n'a aucune preuve que Béatrice soit l'auteure de tous ces crimes. Peut-être que ce n'est pas elle. On devrait attendre et voir ce qui va arriver.

— Maman ! J'ai vu ce qu'il y avait dans le coffre de sa voiture ! Tout était là ! Les coffres se ferment automatiquement. Il faut les ouvrir avec une clé. Béatrice avait la clé. C'est clair, non ?

— On n'a pas emmené Béatrice au poste de police, dit Adrienne en tournant l'écriteau sur la porte du côté « fermé », après avoir verrouillé celle-ci. Elle est à l'hôpital, sous surveillance policière. Elle restera là tant que son état de santé l'exigera.

Adrienne se dirige vers la caisse et demande à sa fille :

— Est-ce à cause de l'accident que tu es restée partie si longtemps ?

Miriam lui avoue alors qu'elles ont perdu du temps à chercher le bon salon de coiffure.

— C'est justement quand Caroline voulait arrêter de chercher qu'on a trouvé Béatrice.

Adrienne lève la tête et lui jette un regard surpris.

— Je ne comprends pas, dit-elle. Caroline savait où était Béatrice. Je le lui ai dit avant que vous partiez.

— Non, tu ne le savais pas. Rappelle-toi, tu as dit que tu avais justement appelé chez elle et…

— Ça, c'était la première fois que j'ai téléphoné. La bonne a répondu qu'elle ne savait rien. Mais quand tu étais dans l'étuve, j'ai rappelé et, cette fois, c'est madame April qui a répondu. Je ne lui ai pas dit pourquoi je l'appelais, parce que je ne voulais pas l'alarmer. J'ai simplement dit que vous deviez rencontrer Béatrice, et elle m'a donné l'adresse du salon de coiffure où était sa fille. Je suis allée trouver Caroline et je le lui ai dit. Je voulais que vous sachiez où se trouvait Béatrice. Je pensais que ça vous calmerait les esprits. La porte des toilettes était à moitié ouverte et j'ai donné le nom du salon à Caroline par l'entrebâillement. Je sais qu'elle a entendu parce qu'elle m'a remerciée pour le renseignement. Elle était en train de mettre ses lentilles cornéennes. Puis j'ai rappelé la police pour lui communiquer le nom du salon de coiffure.

— Tu dis que Caroline mettait ses lentilles, tu veux plutôt dire qu'elle les enlevait?

Caroline savait exactement où était Béatrice. Alors pourquoi ont-elles cherché comme des folles un peu partout dans le quartier est?

— Non, elle les mettait, répond Adrienne. Je connais la différence entre mettre et enlever des lentilles, tu sais. Caroline les mettait, j'en suis sûre. Je sais que ses lentilles lui irritent les yeux. Je me suis dit qu'elle les avait enlevées pour les rincer, sans doute pour être certaine de bien voir pour conduire.

— Mais elle m'a dit…

— Mimi, qu'est-ce que tu as ? Tu as une drôle d'expression tout à coup.

— Je n'ai rien.

Miriam a l'impression que son cerveau fonctionne à vide. Elle doit réfléchir. C'est impossible pour le moment. Elle est trop bouleversée. Pourquoi Caroline lui a-t-elle menti ?

— Est-ce que Sylvain travaille aujourd'hui ? demande-t-elle à sa mère.

— Non, je n'avais pas besoin de lui. Pourquoi ?

— Je dois lui parler. Je vais l'appeler depuis le téléphone de l'étuve. Est-ce que tu t'en vas tout de suite ?

— Non, on quittera la boutique ensemble, ce soir. Peut-être que Béatrice est la coupable, mais peut-être pas. Ne prenons pas de risques. Je vais te ramener à la maison, puis je rencontrerai Samuel au restaurant. Dès que tu auras appelé Sylvain, on s'en ira.

« Bien pensé, se dit Miriam en montant rapidement à l'étage. Il vaut mieux prévenir que guérir. » Surtout si, comme le dit sa mère, Béatrice est innocente comme l'agneau qui vient de naître.

Caroline lui a doublement menti. Elle connaissait le nom du salon de coiffure et elle portait ses lentilles. A-t-elle fait exprès de frapper la voiture de Béatrice ? Savait-elle d'avance ce qu'il y avait dans le coffre ? A-t-elle deviné qu'en percutant l'arrière de l'Acura, le coffre s'ouvrirait ? Elle pouvait être certaine que l'accident attirerait l'attention de la police qui verrait le contenu du coffre. Ainsi Béatrice serait arrêtée.

Il n'y a qu'une façon dont Caroline pouvait savoir à coup sûr ce que contenait le coffre de l'Acura. C'était d'y mettre elle-même toutes les preuves incriminantes.

Miriam n'a pas la moindre idée de la manière dont Caroline s'y est prise. Celle-ci a peut-être volé les clés de Béatrice, en a fait faire des doubles, puis les a remises à leur place.

La déprimante vérité, ç'est qu'il serait beaucoup plus logique que l'agresseur soit quelqu'un comme Caroline, qui n'est jamais allée au bal, plutôt que Béatrice, qui veut seulement en devenir la reine.

Miriam compose le numéro de Sylvain. Comment ne s'est-elle pas rendu compte de la folie de sa meilleure amie? Mais Caroline elle-même l'a expliqué; elle a dit: «Ce sont ceux que tu soupçonnes le moins.»

Sylvain répond et elle lui demande à brûle-pourpoint:

— Le soir où les robes ont été volées et détruites, à quelle heure Caroline t'a-t-elle rejoint à la bibliothèque?

La réponse qu'il lui donne n'est pas celle qu'elle voudrait entendre.

— On devait étudier ensemble, mais Caroline n'est arrivée que dix minutes avant la fermeture de la bibliothèque. Puis tu es venue. Heureusement, j'avais assez étudié avant qu'elle vienne.

— Elle est arrivée juste avant la fermeture de la bibliothèque ?

— Ouais. Elle m'a dit qu'elle avait dû rentrer chez elle pour enlever ses lentilles cornéennes. Elle ne pouvait pas étudier avec. Elle est allée chercher ses lunettes.

Encore les lentilles ! Quelle excuse pratique !

— Et elle portait ses lunettes lorsqu'elle t'a rejoint ?

— Ouais, je crois. Si elle ne les avait pas portées, je lui en aurais parlé. Je lui en voulais d'être en retard et comme c'était la raison de son retard, alors je l'aurais remarqué. Pourquoi ?

Miriam ne peut pas lui dire le fond de sa pensée. Il découvrira la vérité assez tôt, de toute façon. Et il sera dévasté. La fille qu'il adore a peut-être l'esprit très dérangé. Par exemple, dernièrement, elle accumule les mensonges. Caroline est-elle devenue folle ? Est-ce pour cela qu'elle lit tant à propos des maladies mentales ? Parce qu'elle a peur de souffrir d'une de ces maladies ? « Ceux que tu soupçonnes le moins. » Ça s'applique certainement à Caroline.

L'enfance de celle-ci a été perturbée par de nombreux déménagements. Pendant ses neuf premières années, elle n'a jamais vécu plus d'un an au même endroit. Elle ne s'est pas fait d'amis et n'a pas de racines. Elle n'était absolument pas stable avant d'arriver dans cette ville et de rencontrer Miriam, Jeannine et Lara. L'instabilité mentale est-elle un facteur qui provoque la folie chez quelqu'un? Et le malade peut-il vraiment dissimuler son état pendant longtemps?

Miriam est tellement bouleversée par ses pensées que ses mains et ses genoux en tremblent. Mais elle réussit à se ressaisir en redescendant l'escalier.

— Pourquoi ne vas-tu pas rencontrer Samuel? propose-t-elle à sa mère. Je fermerai la boutique. Comme tu l'as dit, Béatrice est à l'hôpital, sous la surveillance de la police. Il ne peut rien m'arriver de mal ce soir. Et…

Elle saisit le premier vêtement qui lui tombe sous la main.

— … je veux porter ce chemisier. Il faut que je le repasse. Je vais utiliser le fer à repasser de l'étuve, comme ça je pourrai me changer avant que Mathieu vienne me chercher. Va à ton rendez-vous, maman. Tout ira bien. Promis!

Elle a besoin d'être seule pour réfléchir.

— Tu détestes le rose, dit sa mère. Mimi, est-ce qu'il s'est passé autre chose? Une nouvelle que je ne connais pas encore? Tu m'en parlerais, n'est-ce pas?

— Bien sûr que je le ferais. Si j'ai l'air déprimée, c'est à cause de toutes ces agressions. J'ai besoin de sortir avec Mathieu et de m'amuser. Et j'ai besoin de ce chemisier. Alors, je peux fermer?

Sa mère hésite et dit:

— Il me semble que Mathieu devait aller te chercher à la maison. Je t'ai demandé de lui dire que je ne te laissais pas toute seule ici ce soir, qu'il devait passer te prendre à la maison.

— Je vais l'appeler pour lui dire qu'on a changé d'idée.

— D'accord, mais laisse-moi d'abord téléphoner à l'hôpital pour m'assurer que Béatrice y est toujours sous la surveillance de la police.

Après avoir raccroché, Adrienne dit:

— Elle est toujours étroitement gardée. Je suppose que ça veut dire que les policiers sont convaincus qu'elle est la coupable. Elle doit être vraiment très malade. Bon, d'accord alors, Mimi, tu peux fermer la boutique. Si tu es certaine que…

— Je suis certaine que tout ira bien, maman. Je dois aller repasser le chemisier. Je te le paierai quand je recevrai mon salaire, d'accord? Voilà les étiquettes.

Si sa mère remarque le tremblement de ses doigts lorsque Miriam dépose les étiquettes sur le comptoir, elle ne fait aucun commentaire.

— Bon! dit Adrienne à contrecœur. Je serai au *Namur*, de l'autre côté de la cour, si tu as besoin de quoi que ce soit. Mimi?

Miriam est déjà dans l'escalier.

Sa mère se place au bas des marches et lui crie:

— Appelle tout de suite Mathieu pour lui dire que tu es ici, d'accord?

— Oui. Bonne soirée !

Mais Miriam n'a pas du tout l'intention d'appeler Mathieu. Pas encore. Elle commence à repasser le chemisier rose.

Aussitôt qu'elle entend sa mère refermer la porte, elle dresse le fer sur la planche à repasser et va téléphoner.

Elle s'assoit dans un fauteuil en cuir placé à côté de la fenêtre ouverte et, de ses doigts tremblants, compose le numéro de son amie, Caroline Lasalle.

Chapitre 25

Ce stupide Michel est parti chez son oncle. Ce stupide David a choisi une petite cousine alors qu'il aurait pu m'inviter. Et, quand j'ai appelé la mère de Béatrice à l'hôpital en faisant semblant d'ignorer que tout le monde considère sa fille comme une dangereuse meurtrière, elle m'a appris que Lucas n'ira pas au bal. J'ai posé la question tellement subtilement, tellement intelligemment, qu'elle n'a même pas paru s'apercevoir que je manquais totalement de tact. Lucas ne va pas au bal. Pas sans Béatrice. L'idiot! Je ne lui poserai pas la question moi-même et lui donner ainsi l'occasion de me répondre non. J'aurais dû deviner qu'il réagirait comme ça.

Il n'y a plus que Mathieu. C'est le meilleur choix, de toute façon.

Tout ce qu'il me reste à faire, c'est de me débarrasser de Miriam.

Qu'est-ce que je fais de Béatrice? Si Miriam meurt pendant que Béatrice est sous la surveil-

lance de la police, cette dernière saura qu'elle ne peut pas être responsable de sa mort. Et ma stratégie n'aura été qu'une perte de temps. La rencontrer au centre commercial pour acheter les bougies, offrir de ranger les boîtes dans le coffre de sa voiture, lui emprunter ses clés, puis transporter les robes et tout le reste du coffre de ma voiture au sien : tout a été si bien calculé. Et je me serais donné tout ce mal pour rien ?

C'est hilarant quand on y pense. J'ai fait un appel anonyme à la police pour attirer son attention sur la voiture de Béatrice et puis, bang ! elle se fait tamponner, son coffre s'ouvre tout seul et le policier arrive juste à temps pour y découvrir les preuves accablantes. La perfection ! Le signe prouvant que tout ceci devait arriver.

En tout cas, quand ce sera fini et que je danserai dans les bras de Mathieu, quelqu'un devra porter le blâme et, pour ça, Béatrice fait très bien l'affaire. Présentement, je pense qu'elle n'est même pas sûre de ne pas avoir tué Stéphanie. Béatrice est si facilement ébranlée.

Je ne me suis pas sentie aussi bien depuis cette soirée où je suis montée par l'escalier de secours du Quatuor pour prendre ces stupides robes de bal. Ça m'a procuré un tel plaisir de rouler dessus avec ma voiture. C'est à ce moment-là que je me suis promis d'aller jusqu'au bout, quoi qu'il arrive. Mais ce n'est que lorsque Stéphanie est morte que j'ai compris comment il fallait que je m'y prenne.

Voler les robes de rechange a été si facile. C'est gentil de la part d'Adrienne de laisser les clés de la boutique accrochées près de la caisse. Personne n'a même remarqué qu'il en manquait une quand je l'ai glissée dans la poche de ma veste et que je suis allée en faire faire un double. Ça a été aussi facile de remettre l'original en place quelques minutes plus tard. Depuis, je peux entrer dans la boutique quand je le veux.

On avait fait un serment, toutes les quatre. On devait rester ensemble, c'est ce qu'on s'était promis. On a toujours passé la soirée du bal ensemble. Mais ça n'allait pas être le cas cette année, hein? Miriam allait tout perturber. Toutes les autres années, ça s'est toujours passé comme prévu. Mais pas cette année.

Je sais que ça ne sera plus jamais pareil. Je l'ai accepté. Même si Miriam ne se trouve plus sur mon chemin, il est trop tard. Ça ne sera pas pareil.

Mais au moins j'aurai ce que je veux. Est-ce que ça n'a pas toujours été le but?

Je vais devoir emmener Béatrice avec moi quand j'irai m'occuper de Miriam. Je n'ai pas le choix.

Comment est-ce que je vais me débarrasser du policier qui la surveille?

Je trouverai une idée.

Rien ne peut plus m'arrêter maintenant.

Chapitre 26

— Parce que c'était agréable de faire quelque chose avec toi, pour une fois, Miriam, dit Caroline pour expliquer leurs longues recherches inutiles, alors qu'elle savait exactement où était Béatrice. Je sais que c'était stupide. Mais ça ressemblait tellement au genre de choses qu'on avait l'habitude de faire ensemble, que je ne voulais pas que ça finisse. Alors j'ai étiré la balade, c'est tout. Est-ce un crime ?

Non, mais ça fait peut-être partie d'un crime.

— Caroline, tu m'as dit que tu ne portais pas tes lentilles cornéennes, dit Miriam. Tu as dit que c'était pour ça que tu as frappé la voiture de Béatrice. Mais ma mère t'a vue les mettre avant de quitter la boutique.

Caroline pousse un soupir d'impatience et réplique :

— Je n'ai jamais dit que j'ai frappé la voiture parce que je ne portais pas mes lentilles. J'ai dit que j'avais peur que le policier me donne une contravention s'il savait que je ne les portais pas.

Parce qu'il est stipulé sur mon permis que je dois porter des lentilles pour conduire. J'ai frappé l'Acura de Béatrice parce que tu as crié et que ça m'a énervée et que j'ai mal estimé la distance entre sa voiture et la mienne. Je ne portais pas mes lentilles. Pourquoi est-ce que j'aurais menti à propos de ça ?

— Mais maman m'a dit…

— Ta mère a raison. Quand elle m'a vue dans les toilettes, j'étais en train de mettre mes lentilles. Mais elles me faisaient tellement mal que je les ai enlevées tout de suite après. En fait, elles sont encore au bord du lavabo parce que j'ai oublié de les mettre dans mon sac à main. Si je les avais eues avec moi, Miriam, je les aurais mises avant que le policier arrive près de nous. Si tu es au Quatuor, va vérifier par toi-même.

Miriam n'a pas besoin de preuve. Elle est certaine que son amie dit la vérité. C'était un simple accident, rien de plus. Et Caroline Lasalle n'est pas plus folle que ne l'est Miriam Dubé.

— Ce que je voudrais savoir, c'est ce qui se passe dans ta tête, dit Caroline. Pourquoi toutes ces questions ? Ce n'est pas le coffre de ma voiture qui était plein d'objets volés.

Miriam reste muette et s'agite nerveusement dans son fauteuil.

— Oh ! Miriam ! dit doucement Caroline. Ça ne veut pas dire ce que je soupçonne que ça veut dire, hein ? Tu penses que c'est moi…

— Non, non! proteste vivement Miriam, les joues en feu. Pas vraiment. Je sais que tu ne me ferais jamais de mal, Caroline. C'est seulement que… euh, maman m'a dit que tu savais où était Béatrice et que tu portais tes lentilles, alors plus rien n'avait de sens. Je me suis dit qu'il fallait que je t'appelle pour que tu me donnes des explications, c'est tout.

— Tu es au Quatuor? demande sèchement Caroline.

— Oui.

— Je m'en viens. Ne t'en va pas! Attends-moi! Clic.

« Oh! Seigneur! Comment est-ce que je vais bien pouvoir m'en sortir? se demande Miriam, découragée. Elle sait que je l'ai soupçonnée. Elle ne me le pardonnera jamais. »

Caroline vit à l'autre bout de la ville. Ça lui prendra du temps pour arriver au Quatuor. Miriam allume la radio. « Je vais peut-être trouver une bonne idée, se dit-elle anxieusement. Un moyen pour que ma meilleure amie me pardonne d'avoir pensé l'impensable à son sujet. »

Le chemisier qu'elle a repassé glisse de la planche à repasser et tombe à terre.

Miriam est penchée pour le ramasser lorsqu'une paire de pieds en pantoufles apparaît sous ses yeux. Elle relève vivement la tête.

Béatrice se dresse au-dessus d'elle, le visage pâle et les traits tirés, les yeux écarquillés. Elle porte un long imperméable beige. Miriam voit que ses mains tremblent.

Miriam se redresse et lui demande :

— Comment es-tu entrée ici ?

— La clé, chuchote Béatrice en se tenant parfaitement immobile. Elle a la clé.

— Bonsoir, Miriam, dit alors Lydia Bugeaud.

Elle quitte l'escalier obscur pour venir se placer à côté de Béatrice.

— Que fais-tu toute seule dans cette petite pièce étouffante ? demande-t-elle en souriant. Tu repasses ta robe de bal ?

Toujours souriante, elle secoue la tête et ajoute :

— Ce n'est pas nécessaire, Miriam. Tu n'iras pas au bal.

Miriam regarde Béatrice et dit :

— Béatrice ?

Celle-ci fond en larmes. Il y a une grosse bosse sur son front, séquelle de l'accident.

— Elle m'a forcée à venir, Miriam ! explique Béatrice. Je ne sais pas comment elle s'est débarrassée du policier qui me surveillait. Elle m'a fait mettre son imperméable par-dessus ma chemise d'hôpital et m'a emmenée jusqu'ici. Elle… Elle est folle ! C'est elle qui a tué Stéphanie et qui t'a agressée et Kiki aussi, et maintenant…

— Tais-toi ! dit froidement Lydia.

— Je ne comprends pas…, commence Miriam.

Mais Lydia lui saute dessus et lui tord le bras pour la faire taire. De son autre main, elle serre le bras de Béatrice comme un étau. Elle les pousse toutes les deux vers la fenêtre ouverte menant à l'escalier de secours.

— Béatrice va te pousser en bas, explique Lydia d'un ton neutre. Et puis elle sautera parce qu'elle est bourrelée de remords.

Elle secoue la tête d'un air sombre et commente :

— Quel drame ! C'est si triste ! Dommage, mais… il doit avoir lieu.

Miriam est forte et, mis à part son genou douloureux, elle est en forme. Mais, comme l'avait dit Adrienne, la folie donne à Lydia une force surhumaine. Ses doigts serrent les bras de ses victimes comme des pinces puissantes. Elle pousse les deux filles en même temps à travers l'ouverture de la fenêtre, et puis les rejoint dans l'escalier de secours, sans les lâcher un seul instant.

En dessous d'elles, dans la cour, une première portière se referme en claquant, et une deuxième. Deux personnes sont sorties d'une voiture. Puis un conducteur solitaire sort d'une autre voiture et appelle les deux premiers. Miriam reconnaît la voix de Mathieu. Ses genoux fléchissent de soulagement. Adrienne a dû lui demander de venir la chercher. Dieu merci !

À l'instant où elle va l'appeler, Lydia lui souffle à l'oreille :

— Dis un mot et tu meurs aussitôt. Tu comprends ?

Les dents serrées, Miriam hoche la tête. Au moins, Mathieu est là. Elle se sent un peu moins seule. Si, par hasard, il lève la tête, il verra peut-être ce qui se passe.

— Hé, Bastien! crie Mathieu. Je ne savais pas que tu étais en ville.

Bastien? Le frère de Lydia! Là en bas, dans la cour, ignorant qu'au-dessus de sa tête, sa sœur s'apprête à tuer deux personnes.

— Je suis arrivé hier soir, répond Bastien. J'ai passé mon dernier examen mercredi. Je suis content que ce soit fini. Et toi, qu'est-ce que tu fais dans le noir?

Ils baissent la voix et Miriam doit tendre l'oreille pour entendre. Elle saisit des bribes de conversation. Le compagnon de Bastien est un camarade de classe qui s'appelle Grégoire.

— Alors, c'est toi qui vas accompagner Lydia au bal, hein? lui dit Mathieu.

— Moi? Tu blagues? réplique Grégoire en riant. Je suis venu voir une fille que Bastien m'a présentée et, crois-moi, ce n'est pas sa sœur. Je l'accompagnais, l'an dernier. Plus jamais! Et crois-moi, aucun gars de notre collège ne voudra l'accompagner non plus. Je les ai prévenus. Cette fille est détraquée. Ça va pas dans sa tête, tu peux me croire.

Le propre frère de Lydia est d'accord. Il explique:

— C'est pas sa faute. Ma sœur a toujours eu tout ce qu'elle voulait. Elle n'a jamais appris à accepter que la vie ne soit pas toujours exactement comme elle le désire. Elle ignore complètement ce que c'est que de renoncer à quelque chose.

— Je me suis trompé, dit Mathieu. Je croyais qu'elle y allait avec toi, Grégoire. Elle m'a invité il y a quelques jours. Pendant des funérailles, en fait, ce que j'ai trouvé pas mal bizarre. J'ai dû refuser son invitation, parce que j'y vais avec une autre. Quand je lui ai parlé le lendemain, Lydia m'a dit qu'elle allait au bal avec un ami de son frère. Il me semble qu'elle a prononcé le nom de Grégoire.

Miriam se tourne pour regarder Lydia. Celle-ci a invité Mathieu ? Pendant les funérailles ?

Elle se souvient alors de l'expression de stupéfaction pétrifiée qu'arborait Lydia au cimetière. Ce n'était pas parce qu'elle venait de perdre son amie Stéphanie. C'était parce qu'elle ne pouvait pas croire que Mathieu ait refusé de l'accompagner au bal.

La bouche de Lydia forme une ligne sévère ; ses yeux se ferment à demi. Elle soutient le regard de Miriam, comme pour la défier de dire ce qu'elle pense.

Miriam relève le défi. Soutenant le regard de l'autre, elle dit lentement d'une voix à la fois respectueuse et intimidée :

— Tu n'as personne pour t'accompagner au bal, pas vrai ?

Chapitre 27

Lydia ne répond pas à Miriam.

Mais au-dessous d'elles, Bastien est en train de dire :

— Moi, je serais incapable de dire qui accompagnera ma sœur. D'abord, elle m'a dit qu'elle y allait avec toi, Mathieu. Puis elle m'a appelé quelque temps après pour me dire qu'elle y allait avec Michel Danis. C'était avant que j'apprenne ce qui est arrivé à Stéphanie. La fois suivante, elle m'a dit qu'elle avait encore changé d'idée et qu'elle y allait avec David Goumas.

Dans l'escalier de secours, le corps de Miriam est pris d'un violent tremblement. Si Lydia n'était pas proche au point que leurs coudes se touchent, elle se mettrait à hurler.

— Ensuite, continue Bastien, ma mère m'a appelé et m'a dit que le partenaire de ma sœur serait un certain Lucas Nault. Je ne le connais pas. Lydia ne m'a jamais parlé de lui. Alors ne me demandez pas qui l'accompagne, parce que je ne suis pas en mesure de vous le dire. En tout cas, Mathieu, aux dernières nouvelles, elle y allait avec toi. Elle me l'a dit elle-même. Et toi, tu me dis que ce n'est pas vrai ? Tu emmènes une autre fille ?

Miriam retient son souffle.

— C'est sûr que j'emmène une autre fille, répond Mathieu. Je suis venu la chercher, d'ailleurs. Elle travaille au Quatuor.

Elle le voit pointer la boutique du doigt.

— J'ai verrouillé la porte et j'ai éteint les lumières au rez-de-chaussée, lui souffle Lydia à l'oreille. Il ne peut pas entrer. Quand il fera le tour de la boutique pour se rendre à la porte d'entrée et que Bastien sera au *Namur*, Béatrice et toi, vous ferez du vol plané. En attendant, allez, rentrez à l'intérieur ! Je ne veux pas qu'ils vous voient.

Lydia les tire par-dessus le rebord de la fenêtre. Béatrice tombe par terre. Miriam chancelle et va s'appuyer au mur près de la planche à repasser, prenant bien soin que celle-ci se trouve entre elle et Lydia. « Gagne du temps ! se dit-elle. Gagne du temps ! » Mathieu ne s'en ira pas lorsqu'il trouvera la porte fermée. Il ne s'en ira pas !

Elle n'en est pas si sûre. Il pensera peut-être qu'ils ne se sont pas bien compris et, après un moment, il partira vers chez elle.

Il ne le faut pas. Sinon, Béatrice et elle seront fichues.

— Tu n'as pas de partenaire ? répète Miriam, les

yeux fixés sur Lydia, appréhendant sa prochaine réaction.

Lentement, nonchalamment, Lydia prend une paire de ciseaux sur l'une des tablettes.

— Bien sûr que j'ai quelqu'un ! dit-elle. Tu as entendu Bastien. Je vais au bal avec Mathieu.

— Elle est folle ! dit Béatrice en pleurant doucement.

Toujours étendue par terre sous la fenêtre, elle dit encore :

— Elle a tué Stéphanie. Elle vous a agressées, Kiki et toi. Et elle veut faire croire que je suis la coupable. Tout ça, parce qu'elle n'a personne pour l'accompagner au bal. Aucun garçon ne l'a invitée ! Aucun ne voulait d'elle.

Lydia la regarde calmement. Et, tout aussi calmement, elle réplique :

— Ce n'est pas vrai. Ils voulaient tous de moi. Mais ils ont tous cru que j'avais déjà été invitée. Parce que je suis toujours allée aux bals depuis que je suis au secondaire. Trois gars de cinquième m'ont invitée quand j'étais encore seulement en troisième.

— Ouais, mais pas cette année, dit durement Béatrice. Quand tu as vu que tous les garçons étaient pris, tu t'es énervée. Et tu as tué Stéphanie pour avoir Michel.

— Ce n'est pas comme ça que ça s'est passé, réplique Lydia toujours aussi calmement. Stéphanie est tombée, c'est tout. Et ce que tu ignores, mademoiselle je-sais-tout, c'est que j'ai cru que j'allais au bal. Jusqu'à ce qu'il soit trop tard. Enfin presque trop tard. Je croyais que Michel m'accompagnerait.

— Michel? s'exclame Béatrice, les yeux écarquillés. Michel Danis? Mais il... Toi? C'est avec toi que Michel trompait Stéphanie?

Elle s'assoit tout en continuant de fixer Lydia de son regard accusateur.

— Mais tu étais la meilleure amie de Stéphanie! s'écrie-t-elle.

Lydia agite les ciseaux en tous sens.

Béatrice et Miriam échangent un regard anxieux.

— Je trouvais que c'était juste que Michel respecte la promesse qu'il m'avait faite. Mais Stéphanie refusait de me le prêter pour la soirée de bal. Alors, elle est tombée, dit Lydia.

Son regard devient vague et elle continue à agiter les ciseaux devant elle en poursuivant son récit:

— Ça n'aurait pas été correct de l'aider, alors qu'elle, elle m'avait refusé son aide. Michel m'avait promis de m'emmener au bal.

Elle tourne vers Miriam un regard innocent.

— Tu ne trouves pas que Stéphanie aurait dû s'arranger pour qu'il tienne sa promesse?

— Oui, Lydia! répond Miriam avec compassion. Il aurait dû respecter sa promesse. Mais toi, pourquoi as-tu laissé une épinglette sur la plate-forme du phare et sous le bras de Kiki? Pourquoi as-tu fait ça? Tu n'en as pas laissé près de la poubelle.

— Bien sûr que non, Miriam. Tu n'as jamais fait

partie de notre groupe. Il n'y avait que Stéphanie, Kiki, Béatrice et moi. C'était nous, le solide quatuor. Du moins, c'est ce que je pensais, dit amèrement Lydia. J'ai laissé des épinglettes pour leur rappeler un pacte qu'on avait fait autrefois, il y a fort longtemps. Ç'aurait été idiot d'en laisser une près de la poubelle puisque tu n'as pas participé au pacte.

Ses deux captives ne réagissant pas, Lydia continue du même ton indifférent :

— Je n'ai jamais voulu faire de mal à Stéphanie, c'est vrai. Elle négligeait Michel. Elle était tellement prise par toutes ses activités. Et, un soir, il est venu pleurer sur mon épaule. Une chose en a amené une autre. Et comme personne ne m'avait invitée au bal, parce que tous les garçons croyaient que j'avais déjà un partenaire, Michel m'a promis qu'il romprait avec Stéphanie et qu'il m'y accompagnerait. Alors, j'ai continué à le voir en cachette. Mais…

Sa voix se durcit :

— Mais il n'a pas rompu ! Il ne lui a rien dit. Alors, j'ai dû le faire moi-même.

Elle cesse d'agiter les ciseaux et ajoute :

— Elle ne l'a pas très bien pris.

— Mathieu ne t'emmènera pas non plus, dit sèchement Béatrice. Il y va avec Miriam. S'il avait voulu t'inviter, eh bien, il l'aurait fait.

— Ce n'est pas vrai ! crie Lydia.

L'expression de cette dernière change encore, son visage est déformé par la colère et ses yeux, fous.

— J'y vais avec Mathieu ! Il m'attend, en ce

moment, chez moi. Je lui ai promis que j'apporterais ma robe pour la lui montrer. Seulement...

Son regard exprime la confusion.

— Seulement, je ne sais pas où elle est. Je l'ai volée et je l'ai mise avec les autres dans le coffre de ta voiture, Béatrice, mais je ne sais pas ce qu'elle est devenue après l'accident.

Elle se met à rire comme une folle.

— Ça, c'était un coup de chance pour moi, hein ? Ce stupide accident. Le coffre qui s'ouvre tout seul. J'ai tout vu. Je te suivais pour pouvoir assister à la fouille après qu'un policier t'aurait demandé d'ouvrir le coffre de ton Acura. J'étais garée un peu plus loin et j'ai vu Caroline foncer en plein dans ta voiture.

Le souvenir de l'accident fait briller ses yeux de plaisir. Elle ajoute :

— J'ai tellement ri...

— Lydia, si Mathieu t'attend, tu devrais te dépêcher, dit Miriam d'un ton égal. J'ai rapporté ta robe ici après l'accident. Je savais que tu en aurais besoin. Elle est accrochée en bas, près de la caisse. Va la chercher et va rejoindre Mathieu.

Pour la première fois, Lydia semble hésitante.

— Oui, c'est ce que je devrais faire, dit-elle lentement.

Elle se tourne pour ranger les ciseaux.

— Miriam ? crie Mathieu dans la cour. Tu es là ? La porte est fermée. Viens m'ouvrir.

Lydia serre fermement les ciseaux. Sans aucune

hésitation cette fois, elle se tourne pour faire face à Miriam et siffle :

— Maintenant, je me souviens pourquoi je suis venue ici ! C'est pour me débarrasser de toi ! Sinon, tu pourrais tromper encore Mathieu, comme tu l'as déjà fait. Le tromper en le forçant à t'emmener au bal, alors que ce qu'il veut vraiment, c'est y aller avec moi.

Levant la main qui tient les ciseaux, elle commence à marcher vers Miriam.

— Je ne peux pas le permettre. Tu comprends ça, hein ?

— Non, Lydia, dit sérieusement Miriam, fatiguée de jouer au chat et à la souris. Franchement, je ne comprends pas. C'est seulement un bal. C'est tout.

— Oh non ! dit amèrement Lydia. Ce n'est pas vrai. C'est beaucoup, beaucoup plus que ça. Mes amies étaient prêtes à y aller sans moi. Toutes les trois ! On faisait toujours tout ensemble. On est allées à tous les bals ensemble. Je ne pouvais pas croire qu'elles briseraient notre pacte solennel en y allant, alors que je resterais chez moi toute seule.

— Lydia, c'est faux ! s'écrie Béatrice. On ne savait pas que tu n'y allais pas ! Tu nous as menti tout le temps. Tu as même acheté une robe en même temps que nous. On croyait que tu y allais avec un ami de ton frère. Et toi qui parles de trahir un pacte, est-ce que tu voyais vraiment Michel en cachette de Stéphanie ?

— Ce n'était pas ma faute. C'était de la sienne.

sienne. Et je ne vous ai pas dit que je n'avais pas de partenaire, parce que tout le monde aurait été au courant à l'école et aurait ri de moi.

Béatrice s'appuie contre le mur et passe une main sur ses yeux, comme si elle ne pouvait plus voir, tout à coup.

— On n'aurait pas ri de toi, proteste-t-elle. On t'aurait trouvé quelqu'un.

— Je n'ai pas besoin qu'on me fasse la charité, hurle Lydia, les yeux assombris par la rage. Est-ce que je ne viens pas de te prouver que je peux trouver toute seule un gars pour m'accompagner?

— Tu as pris l'insecticide dans le garage des April? demande Miriam en se rapprochant de la planche à repasser qui fait toujours obstacle entre Lydia et elle.

— Vous devez sortir dans l'escalier de secours, dit Lydia d'une voix impassible, laissant la question de Miriam sans réponse. Toutes les deux. Tout de suite! Quand vous serez éliminées, je serai sûrement la reine.

— Lydia, tu ne peux pas être la reine. Tu l'as déjà été. Selon le règlement, personne ne peut être élu deux fois.

— Eh bien, c'est faux, Miriam! réplique Lydia, d'un ton froid. Je n'ai jamais été reine. Tu dois me prendre pour une autre. Je dois absolument aller au bal, cette année. C'est ma dernière chance d'être reine.

La photo du couronnement de Lydia avait été

reproduite dans les journaux. Miriam s'en souvient très bien. Sous son diadème, la jeune fille était magnifique.

— Non, Lydia, tu as déjà été reine, maintient Miriam. Tu as seulement oublié.

C'est risqué de dire ça, elle le sait. Pourra-t-elle ramener la pauvre folle dans la réalité en la poussant à bout? Ou est-ce que cela la rendra seulement plus enragée?

Ça la rend plus enragée.

Miriam a le cœur serré en voyant le visage de Lydia devenir rouge de colère et ses yeux se plisser haineusement.

— Ce n'est pas vrai! hurle-t-elle. Tu mens! Tu mens pour que je n'aille pas avec Mathieu, comme Stéphanie ne voulait pas que j'aille avec Michel!

Et alors, élevant les ciseaux à la hauteur de son épaule, elle se jette sur Miriam.

La planche à repasser tremble, lorsque Lydia se cogne dessus dans son élan furieux.

Miriam se recule, forçant son corps à s'aplatir le plus possible contre le mur. Mais elle se rend compte aussitôt que c'est une erreur et choisit plutôt de plonger vers l'avant. En même temps, elle donne un coup de pied, mais crie de douleur lorsque le mouvement force les points de suture de son genou à se tendre. Elle atteint les pieds croisés de la planche à repasser, qui se replient sous le coup en grinçant.

Les ciseaux ne sont qu'à quelques centimètres de Miriam lorsque la planche à repasser s'affaisse.

Leurs pointes tracent un sillon sanglant sur l'avant-bras qu'elle lève pour se protéger le visage. La planche à repasser tombe. Lydia s'écroule sur le plancher sans lâcher ses ciseaux.

En bas, quelqu'un frappe à la porte.

Sans prêter attention au sang qui coule de la longue égratignure à son avant-bras, Miriam attrape le fer à repasser tombé avec la planche et, vite, avant que Lydia retrouve ses esprits, elle lui met d'un coup sec les bras dans le dos et attache ses poignets au moyen du cordon électrique.

Puis elle se précipite dans l'escalier pour aller ouvrir la porte de la boutique.

Sur le seuil, il y a Caroline, raide de peine et de colère.

Mathieu, le regard fou d'inquiétude, est juste derrière elle.

— Vous n'en croirez pas vos yeux, leur dit Miriam en les laissant entrer.

Chapitre 28

Adrienne s'est surpassée. Lorsque Miriam aperçoit son reflet dans le grand miroir accroché à la porte de la garde-robe de sa mère, elle n'en revient pas. La jolie robe bleu vif y est pour beaucoup, bien sûr, créant l'effet exact que Miriam avait prévu. Sa coiffure aussi. Ses cheveux tombent joliment sur ses épaules en souples boucles parfaites. Et son visage... Est-ce vraiment son visage ? La main experte d'Adrienne a accentué l'atout principal de Miriam, ses yeux, et a rehaussé ses autres traits, comme par magie. Miriam sait qu'elle est jolie. Vraiment jolie.

Et même si elle ne l'avait pas vérifié dans le miroir, elle en a la preuve dès l'instant où elle voit l'expression sur le visage de Mathieu, alors qu'elle descend l'escalier à sa rencontre. Il lève la tête pour la regarder et fait entendre un doux « *Wow* ! ».

La soirée est merveilleuse, mis à part le court instant où ils se retrouvent en face de la poubelle, lorsqu'ils traversent la cour. Mais Mathieu prend le bras de Miriam et l'entraîne tendrement. Ensuite, tout est vraiment parfait. Leur repas au *Namur* est un enchantement.

Puis ils vont au gymnase, converti en salle de bal. Miriam danse dans les bras de Mathieu et sourit et parle et rit, comme tous les autres invités du bal. Des affiches encadrées de films célèbres pour leur fin heureuse sont accrochées à tous les murs de la salle. Les tables sont magnifiquement décorées. Des bouquets de fleurs bleues et jaunes offerts par les associées du Quatuor et provenant de leurs propres jardins sont posés sur les tables à côté des albums-souvenirs miniatures. «C'est généreux de leur part, étant donné qu'aucune de leurs filles n'assiste au bal», se dit Miriam. Même Béatrice, pourtant complètement blanchie des accusations pesant contre elle, a décidé de ne pas venir au bal.

«Elle m'a dit qu'elle se sentirait déplacée, puisque aucune de ses amies ne sera là», a expliqué Mathieu, à qui Miriam avait demandé la raison de l'absence de Béatrice.

Longtemps après que les policiers ont emmené Lydia et que tout a été élucidé et que Miriam s'est excusée auprès de Caroline jusqu'à en manquer de souffle, elle lui a aussi demandé pourquoi il ne lui avait pas dit que Lydia l'avait invité au bal.

«Je ne trouvais pas ça important», lui a-t-il répondu.

Malheureusement, Lydia avait pris ça au sérieux.

Sur la piste de danse, près de Miriam et de Mathieu, Caroline danse dans les bras de Sylvain qui arbore un grand sourire. Miriam a parlé à son amie du coup de téléphone de Sylvain, soulignant que l'intérêt de celui-ci pour elle devait être sérieux, sinon il n'aurait jamais pris cette initiative embarrassante. Ce n'est qu'après que Caroline lui a annoncé avoir invité Sylvain et que celui-ci avait accepté son invitation que Miriam a sorti la robe turquoise de la garde-robe où la cachait Adrienne.

D'accord, ce ne sera pas la nuit magique à laquelle rêvait Caroline, mais elle semble s'amuser beaucoup. Elle aussi, Adrienne l'a coiffée et maquillée. Elle est magnifique.

Une élève du nom de Thérèse Conrad, que Miriam connaît vaguement, est choisie pour être la reine du bal. Elle se tient sur l'estrade, fière et souriante, son partenaire à son côté et, pendant un bref instant, Miriam se souvient du dessin de Béatrice et souhaiterait que les choses se soient passées autrement pour celle-ci.

Main dans la main et souriants, Miriam et Mathieu regardent le roi et la reine du bal descendre de l'estrade et commencer à danser. Après quelques mesures de musique, ils sont sur le point de se joindre aux danseurs couronnés lorsqu'une agitation dans la pièce attire leur attention. Miriam est la première à se retourner pour voir ce qui se passe. Ses yeux scrutent le gymnase éclairé aux chandelles. Lorsque son regard se pose sur la porte d'entrée, elle pousse un petit cri de stupéfaction et sa main se crispe sur le bras de Mathieu. Il suit son regard.

Lydia Bugeaud se tient près de la porte d'entrée !

— Mathieu, qu'est-ce qu'elle fait ici ? demande Miriam en se collant contre lui.

— Elle a été mise en liberté sous caution, répond-il d'un ton énigmatique. Son père a versé une caution pour la sortir de prison. Elle ne sera pas accusée de meurtre, seulement d'homicide involontaire. Alors, en attendant qu'un psychiatre puisse l'examiner, le juge a permis qu'elle rentre chez elle. Ses parents sont censés la surveiller. Je ne te l'ai pas dit pour ne pas gâcher ta soirée. Désolé. Si j'avais deviné qu'elle viendrait ici, je t'aurais prévenue.

Tandis que de plus en plus d'invités se tournent pour voir ce qui se passe, un silence tombe sur l'immense gymnase. La musique continue à jouer, mais le roi et la reine du bal cessent de danser, imités par les autres danseurs. En quelques secondes, tous les regards se sont tournés vers la porte d'entrée.

Bien que la robe de Lydia soit noire, ce n'est pas celle qu'elle a achetée au Quatuor et qu'elle ne possède plus d'ailleurs. Le terrible soir où Lydia a été arrêtée, elle a laissé sa robe au poste de police. Et celle-ci doit encore s'y trouver, à l'endroit où sont rangées les pièces à conviction.

Lydia porte présentement une tenue de soirée à

manches longues, qui est au moins deux tailles trop grandes pour elle et dont la coupe conviendrait mieux à une femme d'âge mûr. Une des épaules a glissé, ce qui donne un décolleté asymétrique au vêtement.

« C'est une robe de sa mère, pense Miriam. Lydia porte une des robes de sa mère. »

Elle constate que ce n'est pas le pire, lorsque Lydia, un sourire vague sur les lèvres, commence à avancer dans le gymnase. Son visage a quelque chose d'étrange. L'impeccable Lydia, la superbe Lydia a appliqué son fond de teint d'une main lourde et maladroite. Lorsqu'elle s'approche, Miriam voit qu'une couche épaisse d'un rouge à lèvres de teinte sombre déborde des lignes de sa bouche, faisant paraître celle-ci presque deux fois plus grande que la normale. Les sourcils de Lydia sont fortement soulignés au crayon noir, et un fard à joues orangé est étalé sur toute la surface de sa joue gauche, mais pas sur la droite, ce qui donne l'impression que son visage est asymétrique.

Caroline et Sylvain se sont rapprochés de leurs amis.

— Oh! regardez! Elle porte une couronne! chuchote Caroline, tandis que Lydia s'avance d'un pas mal assuré, mais déterminée, à travers la foule silencieuse et attentive.

Sur ses cheveux blonds qui pendent sans lustre, parce qu'ils auraient besoin d'un bon lavage, Lydia a posé une couronne maison qu'elle a découpée dans du carton, recouverte de papier métallique doré, et agrafée. On dirait l'œuvre d'une enfant de la maternelle.

— Oh! quelle pitié! souffle Sylvain.

Tenant d'une main le bord de sa robe pour ne pas s'y prendre les pieds, Lydia s'avance à petits pas élégants vers David Goumas et sa cousine.

— David, espèce de vaurien! dit-elle d'une voix douce et basse, mais audible.

Les musiciens de l'orchestre ont cessé de jouer, se rendant compte qu'un événement hors de l'ordinaire est en train de se passer. La salle est aussi silencieuse qu'une bibliothèque.

— Qu'est-ce que tu fais avec cette petite chose sans intérêt? demande Lydia à David. J'étais tellement certaine que, cette chère Kiki éliminée, tu m'appellerais pour m'inviter à t'accompagner au bal.

Elle lui sourit et lève la main pour caresser doucement la joue du garçon.

— Tu as cru que j'étais déjà prise, n'est-ce pas, cher David? Je te pardonne. C'est vrai.

David et sa compagne restent figés, tandis que Lydia s'avance vers le couple suivant. La pauvre fille bizarrement maquillée et affublée passe ainsi d'un couple à l'autre, grondant les garçons, repoussant les filles d'un claquement des doigts ou d'un sourire méprisant, ne s'adressant qu'à leurs partenaires.

Lorsqu'elle arrive devant Mathieu et Miriam,

celle-ci recule instinctivement, mais sans lâcher la main de son compagnon.

— Et toi, mon cher Mathieu, dit sévèrement Lydia en menaçant le garçon de son index. J'ai beaucoup de mal à te pardonner ta trahison.

Faisant un geste du bras pour montrer la foule qui les regarde, elle continue :

— Tout le monde ici sait que toi et moi, on était destinés à assister à cette fête ensemble. N'est-ce pas vrai, vous autres ?

Ses yeux aux cils lourds de mascara font le tour de la pièce, puis reviennent se poser sur le visage de Mathieu.

— Mais je ne t'en veux pas, mon chéri, dit-t-elle.

Son sourire disparaît et son visage devient sombre.

— Je sais qui m'a trahie, dit-elle encore. Mes prétendues meilleures amies ! Celles qui ont juré de ne jamais me tromper et qui l'ont fait quand même. Ne t'en fais pas, je m'en suis occupée. Maintenant que je suis ici, cependant…

Le sourire revient sur ses lèvres, alors qu'elle regarde Mathieu avec assurance.

— … tu vas danser avec moi, hein, Mathieu ?

Tenant les plis de sa robe, elle se met à tourner devant lui d'un air séducteur.

— J'ai mis une jolie robe exprès pour toi. Tu l'aimes ?

— Elle est très belle. Tu es très belle, Lydia, dit Mathieu.

Lydia semble se rendre compte soudain de la

présence de Miriam à côté du garçon. Elle plisse les yeux d'un air mauvais et lui demande:

— Qui es-tu? Qu'est-ce que tu fais avec lui? Va-t'en!

Elle frappe la main de Miriam qui tient toujours celle de Mathieu.

— Lâche-le! ordonne Lydia.

— Lydia! crie une voix près de la porte d'entrée.

Toutes les têtes se tournent. Miriam reconnaît le couple qui s'avance rapidement vers eux. Une grande femme à l'air autoritaire, vêtue d'un chic tailleur brun, et un homme tout aussi grand: les parents de Lydia. Ils ont l'air anxieux et embarrassés.

— Lydia, chérie, qu'est-ce que tu fais ici? Comment t'es-tu enfuie?

— Oh! bonsoir, maman! papa! dit cette dernière. Je ne peux pas partir tout de suite. Je n'ai pas encore dansé avec Mathieu. Vous allez devoir attendre.

Elle reporte son attention sur Mathieu, à qui elle adresse un sourire plein d'espoir.

— Non! dit fermement sa mère. Lydia, il faut qu'on s'en aille.

Mathieu tourne les yeux vers Miriam et l'interroge du regard.

Elle hoche la tête et dit doucement:

— Oui, d'accord.

Puis elle s'écarte, tandis que Mathieu conduit

Lydia dans sa robe trop grande vers la piste de danse. Il fait un signe à l'orchestre et les musiciens commencent à jouer une douce mélodie. La boule au-dessus de la tête des danseurs se met doucement à tourner, les baignant d'une lueur multicolore.

Lydia appuie sa tête contre la poitrine de Mathieu, alors qu'il la fait lentement tourner. Pendant ce bref instant, toute la rage et la haine qui habitent la démente semblent s'être taries, et elle paraît heureuse.

Miriam sent des larmes lui monter aux yeux. Regardant Caroline, elle est surprise de voir des larmes rouler aussi sur ses joues.

Personne ne dit un mot. On n'entend que la douce musique émouvante et les pas du couple qui danse sur le plancher luisant, alors que tous les yeux sont rivés sur lui.

Les parents de Lydia, le visage triste, attendent patiemment.

Lorsque la musique s'arrête, Lydia lève la tête, regarde Mathieu, et lui dit en souriant:

— Merci. C'était très gentil.

Puis elle se tourne vers ses parents et leur dit:

— Je suis très fatiguée, maintenant. J'aimerais rentrer à la maison, s'il vous plaît.

Ils quittent la salle tous les trois.

Épilogue

Au bout d'une heure environ, l'atmosphère est redevenue joyeuse. Après tout, c'est leur soirée de bal, leurs adieux au secondaire. Peu à peu, s'évanouit l'image de la pauvre fille à l'esprit dérangé se tenant à l'entrée du gymnase dans une robe trop grande. Les rires, la musique et les conversations remplacent le pénible silence.

Miriam, qui danse dans les bras de Mathieu, n'a aucune idée de ce que leur couple va devenir. Peut-être qu'ils iront chacun leur chemin, lorsque l'école commencera en août. Mais toujours, une partie d'elle-même aimera Mathieu pour la compassion qu'il a montrée envers Lydia.

Celle-ci passera le reste de sa vie à payer pour ses mauvaises actions. En comparaison de cela, ce n'est pas un trop grand sacrifice de lui avoir accordé une courte danse.

Mathieu penche la tête pour plonger son regard dans celui de Miriam et il dit :

— Tu n'as jamais répondu à ma proposition de

faire partie de mon équipe de baseball. J'ai besoin de toi cet été. Alors, qu'est-ce que tu en dis ?

— Voyons : je dois travailler au Quatuor et me préparer pour le cégep. Mais je pourrais trouver quelques moments pour jouer.

Caroline passe en dansant près d'eux. Miriam se rappelle alors que Jeannine et Lara se sont montrées vraiment compréhensives en ne leur tenant pas rigueur de les laisser célébrer seules le « non-bal ».

— Il n'y a qu'une condition, ajoute-t-elle. Caroline, Jeannine et Lara joueront dans l'équipe, elles aussi. On est inséparables.

« On est un quatuor, se dit Miriam. Comme Lydia et ses amies. Mais je veux qu'on reste toujours amies. »

— Elles jouent bien ? demande Mathieu.

— Très bien ! Comme moi, elles sont les meilleures.

— Marché conclu ! dit-il en riant.

À propos de l'auteure

«Étant donné que j'écris des romans d'horreur, il m'est difficile de convaincre les gens que je suis quelqu'un de gentil, dit Diane Hoh. Pourquoi est-ce qu'une gentille dame comme moi cherche à faire peur aux gens? Pour leur faire découvrir le côté terrifiant de la vie: ce qui fait battre le cœur plus vite et monter l'adrénaline; ce qui coupe le souffle. J'espère chaque fois que le lecteur passe aussi un bon moment de frayeur.»

Diane Hoh a grandi à Warren (Pennsylvanie). Depuis, elle a vécu à New-York, au Colorado et en Caroline du Nord, avant de s'installer à Austin (Texas).

«Lire et écrire prend presque tout mon temps, dit Hoh. Il y a aussi la famille, la musique et le jardinage.»

Ses autres romans d'horreur sont: *Terreur à Saint-Louis*, *Le train de la vengeance* et *Fièvre mortelle*.

Dans la même collection